蔬菜记忆与乡愁

饭蔬食饮水
乐在其中矣

色·味

蔬食者

蓝紫青灰 著

山东文艺出版社

目录

一 采葑采菲

采葑采菲……003
上古一张薇菜谱……009
指见为苋……016
苋陆夬夬……021
茵陈酒和绿仙子……026
刚芥正气……032

三 行寻香草

指剥春葱……090
葫荴皆蒜……097
香荽满地……104
众草之王……110
勃荷、勃贺和薄荷……116
梦断禳香……123

二 ❁ 紫茎兰芽

与君情好密………………042
周王室的香蒲菹……………048
金盐煮石,文章作酒…………054
茶叶茶和茶泡饭………………061
莼菜的出世和出仕……………070
胭脂为菜………………076
锦纹将军夜渡关………………082

四 ❖ 百菜来朝

幸运草和苜蓿盘……130
千金散尽……138
波棱称珍……145
甘分蓝分……152
蕹菜春生……159
水芥清鲜……163
甜蜜的事业……168

一 采葑采菲

　　四川民间有首儿歌，以前听人念过，时间久了，记忆淡薄，如今只记得零碎的一句"萝卜缨缨炒白菜"如何如何。萝卜缨一物，很多地方不吃，有些地方却甚爱。四川人就非常喜欢。他们的泡菜坛子里只要有樱桃萝卜什么的，就一定有萝卜缨。四川人口语中常有叠字，比如打个眼眼、拿个盆盆、取个瓢瓢，到了萝卜叶子这里，就是萝卜缨缨了；又爱用"儿"作词缀，猫是猫儿，狗是狗儿，老鼠是耗儿，有一种橡皮鱼（剥皮鱼）颜色深灰，和老鼠的毛色差不多，于是就被称为耗儿鱼。听上去，所有东西都化身为小朋友，以一种很可爱的面貌出现。"萝卜缨缨"后面也带"儿"音，听上去就像是在呼唤一个身穿翠绿衣衫的小姑娘。

　　萝卜缨就是这样一种可爱的东西，当地人都管它叫萝卜缨缨儿。乒

萝卜，古称莱菔，直根肉质，长圆形、球形或圆锥形。外皮绿色、白色或红色，肉质根和嫩叶为常见蔬菜。

乒球那么大的水红萝卜上市的时候，家家都会买上五斤十斤，洗干净了，切下上面那两寸来长的萝卜缨，和萝卜一起搁在筲箕里在太阳底下晾干，放进带口沿的泡菜坛子里，泡上两三天，就可以吃了。泡过萝卜的泡菜坛子一打开来，就有一股萝卜的清香之气。如果用玻璃坛子泡，还可以欣赏一下水红色的泡菜水，那颜色轻粉透亮，看着就咽口水。另有一种水萝卜颜色深红发紫，芳名唤作胭脂萝卜。用这种萝卜做泡菜，泡出的一坛子水颜色真是如胭脂一般艳红。有这样一坛盐水，再泡别的菜，比如苤姜、青菜头（新鲜榨菜）、儿菜、藠头等，都会染上淡淡的红色。

新腌的泡菜很好吃，不咸，清香嫩脆，下饭下粥都宜。新鲜泡菜多是生吃，从坛子里拿出来，略切几刀，淋上一点红辣椒油，撒几粒味精，白米饭可以下三碗。但萝卜缨一般不这样生吃，即使是泡过的，也会细细切碎，加一两粒干红辣椒快炒出锅，带一点生鲜气味尤妙；或者加肥瘦各半的肉末同炒，油亮咸香，下饭一流。之所以同是泡菜，别的菜如泡姜泡萝卜泡青菜头可以生吃，萝卜缨便要炒过，大概还是因为萝卜缨纤维粗，不易咀嚼。四川人用它来做泡菜，也不过是爱物惜物，不舍得浪费。

萝卜缨不做泡菜，也可以生炒，叫炝炒萝卜缨。做法甚是简单：新鲜萝卜缨切碎，加盐揉过，挤出水分；油锅烧热，加两粒干红辣椒爆香，这个步骤就叫"炝"；等干辣椒的颜色变成深棕色，炝出辣椒香味来，就可以把萝卜缨放下去炒；大火快炒出锅，只放盐，吃萝卜缨的本味。这个菜香辣开胃，极是下饭。

或者，也可以把它晒干做干菜。初冬的时候收了白萝卜，削下萝卜或腌或藏，切下的萝卜缨挂在竹竿上晾晒——没有竹竿就摊开放屋顶瓦上；历经风雨霜雪，北风由他吹，霜雪由他压，晾至立春前一日方收下，转挂在晒不到太阳的屋檐下阴干；到二三月时，天气回暖，这才把晾晒了三个多月的萝卜缨取下收藏。吃的时候取两三条来洗净切碎，或酱或盐放在碗内，置于饭锅上蒸熟，是极香脆的家常小菜。过去贫寒人家常以此法制萝卜缨，若是家境小康，以腊肉炒，更佳。这道菜干香鲜脆，与新鲜萝卜缨比，别具一番干菜的风味。

除了四川，很多地方也吃萝卜缨。我有朋友是淮北人，她说他们当地管萝卜缨叫萝卜菜，菜市场一大捆一大捆地卖。也不像四川人那样或泡或腌，他们就当蔬菜吃，煮面，凉拌——开水锅里一焯，捞出来切碎了加油盐一拌就吃。嫩，没什么纤维感；不苦，有萝卜的清香之气。菜摊上也有腌好的萝卜菜卖，跟咸菜一样。

上海本地人大多不吃萝卜叶子，也没萝卜缨缨儿这么可爱的名字。菜市场没有萝卜缨卖,菜摊上的萝卜一个个削得干干净净,没有萝卜缨,也没有萝卜根。我有时想弄点萝卜缨回家腌来吃,得先买萝卜,然后厚了脸皮问摊主要一点萝卜缨。他们会很大方地给一大捧,然后好奇地问:"拿回去做什么?家里小孩子养了兔子?"我只好回答说是。心里说,我就是那只兔子。

萝卜旧称莱菔。"莱菔淹菹茎作齑",这句出自乾隆年间徽州人方西畴作的《新安竹枝词》,在徽州,萝卜和萝卜缨都是做腌菜的。隔不多远的上海,就没有这个食俗。本地人不吃萝卜缨,我觉得可能和栽培品种有关。有的品种叶子嫩,有的品种叶子老,嫩的能吃,老的就只能喂鸡喂兔子。也可能和水土有关,同样的品种,种在某地就嫩,换个地方就老。

这种说法自古就有。唐朝人说萝卜好吃,叶不中啖;又说有一种芜菁,根比萝卜细,叶子像萝卜,很好吃,"西川惟种此"。宋人很有研究精神,"格物"之后,发现唐朝人说的芜菁又名蔓菁,和萝卜完全不一样;南方人说萝卜叶子、芜菁叶子不好吃,那是因为长江以南不产好的芜菁和萝卜。看来在北宋时期,江南的萝卜就不如北方所产,本地人不吃萝卜缨是历史遗留问题了。

芜菁,现在北方人管它叫"变萝卜",意思是这东西和萝卜差不多,稍有变化。芜菁原产地之一是阿富汗。阿富汗离中国多近啊,芜菁种子翻越葱岭(也就是帕米尔高原)便到了新疆,再随着吹过河西走廊的风就在祁连山下扎下根了。和萝卜可以生吃不同,芜菁一定得煮熟了吃。它淀粉质较多,口感接近于土豆。美洲的土豆传入之后,芜菁被边缘化了,吃得少,种得也少,熟悉它的人也就不多了。

芜菁可以腌作酸菜;同时由于它富含淀粉质,又可做饲料。如今,只有少数高寒山区用它代粮,但在古代,它就是粮食。元代官员徐元瑞说:"尝闻近代为县者,教民种蔓菁,捣其根以为饼,大者三四斤,干而储之。后值凶年,蒸以食饥民,味甘且美,赖以全活者甚众。"

芜菁一物，曾经是穷酸的代名词。在王实甫《西厢记》里，作者为描写张生的穷酸，就编派他住在普救寺里，顿顿吃芜菁。后来他退了兵，夫人摆下宴席请他去吃饭。他以为要商定婚期，净梳头粉涂脸打扮一番，喜滋滋问红娘夫人准备下什么美酒佳肴，小红娘讥讽说："淘下陈仓米数升，炸下七八碗蔓菁。"那真是：东阁玳筵开，不强如西厢和月等。

高寒山区种植芜菁，我在大凉山见过。某年我和家人去四川西昌城外的螺髻山旅游，此地已属大凉山范围，当地居民多为彝族。螺髻山海拔 4359 米，山高寒，地贫瘠，种的是苦荞和芜菁。车子往螺髻山上开，彝族村庄散落在路边，家家门前晒着白色的芜菁块根。村民把块根放进一台小机器，等机器切好片吐出来，再摊开晒干。这么多的芜菁，当菜吃未免太多，只有当粮食当饲料，才能消耗得掉。

我爸坐在副驾驶座，回头问我芜菁是什么。我说："芜菁是一种和萝卜差不多的作物。嗯，诗经里说'采葑采菲，无以下体'，这个葑和菲就是芜菁。对了，有一种大头菜就是用芜菁做的。"我妈说："就是大头菜啊。"我说："也不尽然，做大头菜的原料有好几种，芜菁是其中之一。"

大头菜入文学作品，最有名的莫过于高鹗续的《红楼梦》。这个铁岭老秀才穷酸了一下，让林妹妹吃了一回南来的五香大头菜，拌点麻油醋，让读者们笑了两百年。那么坚韧耐嚼的大头菜，也不怕美人灯似的林妹妹克化不了。

欧洲人是吃芜菁的，贫寒人家当粮食吃，或者和羊肉等一起炖煮。不过他们跟江南人一样，只吃块根不吃叶子，叶子同样作为饲料喂羊和牛。这些年提倡健康饮食，他们也吃起粗纤维的芜菁叶来了。前几天看讲意大利美食的纪录片《意大利风情》（*Italy Unpacked*），艺术史学家 Andrew Graham-Dixon 和大厨 Giorgio Locatelli 带领观众畅游意大利，一个讲述意大利古迹和绘画，一个动手做意大利美食。

芜菁（大头菜）炒肉末

芜菁（大头菜）切丝，用清水漂去咸味，挤去水分，切成末，和肉糜、青红椒丁炒香即成。

  他们到了意大利南部的普利亚（Puglia），Giorgio 用当地产的硬质小麦做了手工意面"猫耳朵"，配菜便是芜菁叶。做法也简单：把择洗干净切成寸段的芜菁叶放进开水锅里煮 30 秒捞出；平底铁锅烧热，化一小块黄油，煸香蒜蓉和红椒，放进芜菁叶慢慢炒软；同时把"猫耳朵"煮熟，捞出来放进炒锅里，掂翻几下，让每一个圆形微凹的"猫耳朵"都裹上浓香的油和汁就可以盛盘了。

  Giorgio 说："芜菁叶通常会被丢掉，因为现今人们不把它看作一种食物，也不懂得它有多美味。"Giorgio 还问 Andrew 苦吗，Andrew 尝一口炒过的芜菁叶，说不苦。可见在意大利，通常情况下，芜菁叶也是苦的。萝卜缨倒是不苦，有清香，我觉得肯定比芜菁叶好吃，然而我并没有机会去品尝比较，本地菜市场连芜菁都很难看到。

上古一张薇菜谱

鲁迅先生写《故事新编》,尽编派古人们怎么研究吃,后羿、嫦娥小两口为吃个乌鸦炸酱面吵嘴,喝着麻雀汤想着封豕蛇羹;伯夷叔齐老兄弟琢磨怎么吃薇菜,整天变着花样做:薇汤、薇羹、薇酱、清炖薇、原汤焖薇芽、生晒嫩薇叶……不过这两人吃薇菜,也不是自家首创,多半是小时候坐在保姆膝上听她讲黄帝打蚩尤、大禹捉无支祁,还有乡下人荒年吃薇菜时学来的——不然他们两个孤竹国的王子,怎么知道山上有什么野菜是可以吃的。这个薇,王子去吃是气节,小老百姓去吃就是果腹——当然王子们吃它也是为了果腹。

"采薇采薇,薇亦作止。"先秦时期,老百姓一直在采薇菜吃。刚长出来的薇菜很嫩,开水里烫一下捞出来,加点油盐拌了吃,很清香;

救荒野豌豆,又名大巢菜、薇、野豌豆、马豆等。全国各地都产,为优良牧草。在天初生嫩叶可食。

或者原汤上桌,放两块嫩豆腐,做个豆腐薇菜汤,清淡鲜香。这种与气节挂钩的野菜,先秦以前叫薇,后世叫大巢菜,植物分类学上叫救荒野豌豆——采薇采的就是救荒野豌豆的嫩尖。

"采薇采薇,薇亦柔止。"救荒野豌豆遍生整个中国,有荒地就有野豌豆,灾荒年辰时吃它,很好找,也很好认。它有着非常明显的偶数羽状复叶,叶尖有一对长长的弯曲的卷须,野豌豆的植株就靠着这对卷须攀缘蔓延。野豌豆开粉紫色的花,很好看。

"采薇采薇,薇亦刚止。"野豌豆尖嫩的时候好吃,冬末春初,嫩叶肥美,到四五月份开花,柔苗变老,就没人吃了。花果期的野豌豆有毒,不能食用。伯夷叔齐俩老头,也许是采了开花期的薇吃了中毒呢!

吃个野豌豆尖这么危险,那豌豆尖呢?豌豆尖可是好东西,比野豌豆尖更肥嫩更柔软更清香,而且无毒。

说起豌豆尖,四川人最善烹制。别的地方天寒地冻没有新鲜蔬菜的时候,四川人在蜀中大吃特吃:冬寒菜(葵)、豌豆尖、藠头(薤)、萝卜缨、莴笋尖……四川人管豌豆尖叫豌豆颠儿,或者再加一个字,叫豌豆颠颠儿。清朝的段玉裁在为《说文解字》作注时说:"按今四川人掐豌豆嫩梢食之,谓之豌豆颠颠。古之采于山者,野生者也。"段玉裁在四川巫山等县做过知县,所以知道这个俗名。一个菜名用上了叠字,可见人们对它的喜爱。从冬天到春天,四川人从豌豆颠儿吃到豌豆角上市;再到豌豆角长老,剥出嫩豌豆炒来吃;冬天,再接着吃老腊肉炖老豌豆。

四川的豌豆颠儿确实肥嫩,一掐一泡水,洗的时候不敢开大水龙头冲,怕把叶子冲烂,要轻轻在水里漂,一两次就好。四川的菜农在卖豌豆颠儿的时候,理得整整齐齐、干干净净,每一根都朝一个方向弯,用一根浸过水的稻草扎成一小把,卖的时候论把不论斤。一般三四口人的小家庭,买一把回家就够煮碗鸡蛋汤了。

四川人吃豌豆颠儿是有传统的,可找到的最早的鉴赏家兼吃客是四川眉县人苏轼和他的朋友巢元修。巢元修最喜欢吃豌豆颠儿,管它叫"吾家菜"。这名字有个典故,晋时名士孔君平到杨氏家里拜访,杨父不在,杨家小朋友拿出杨梅来待客。孔先生指着杨梅对九岁的小朋友说,此是君家果。哪知小朋友应声回答说,没听说过孔雀是夫子家的鸟呢。小朋友很聪明,杨梅如是杨家果,孔雀当然是孔家鸟。因此巢元修就说,豌豆颠儿既然叫巢菜,那就是"吾家菜"。苏轼觉得他这个说法很有趣，就管豌豆颠儿叫"元修菜"，并且写在诗里。

什么菜什么草一经名人题咏，就身价百倍了，巢菜也是如此。自从苏东坡管豌豆颠儿叫元修菜，后人都这么叫，很有见贤思齐的感觉。

救荒野豌豆各地都有，豌豆则非中国本土物种，原产近东和伊朗一带。它传入得颇早，大约在春秋时期，比蚕豆、石榴、葡萄等汉朝时来的作物早多了。《管子》中记载，齐桓公北伐山戎，带回冬葱和戎菽，布之天下。

山戎又称北戎，是匈奴的一支。匈奴民族横跨中国北方草原，游牧之时，从波斯人那里买点豌豆回到现在河北承德那片地上种下，也就是捎带脚的事儿，不麻烦。齐桓公从山戎带回了冬葱和豌豆，以后就遍植全中国，算得上泽被苍生。中国真是农耕民族，不管谁出个远门，都要带点作物的种子回家，丰富自家的餐桌。冬葱就是与大葱相对的小葱；菽是豆类的统称，戎菽就是山戎国的豆子，因来自北方胡人之地，也曾名为胡豆，有一阵子被叫作寒豆。

明朝人喜欢用寒豆这个名字。《遵生八笺》中说怎么吃寒豆：

> 用寒豆淘净，将蒲包趁湿包裹，春冬置炕旁近火处，夏秋不必，日以水喷之，芽出，去壳洗净，汤焯，入茶供。芽长作菜食。

高濂的吃法是把豌豆像绿豆黄豆一样发芽，冒出一个芽头的时候焯熟当茶点；再等它长高一点成了豆芽，做蔬菜。这不正是芽苗菜里的豌豆苗吗？现在市场上的豌豆苗分两种，一种点豌豆入地，长成豌豆植株，有一两尺高，茎叶肥大，掐嫩尖食之，俗称豌豆尖；一种是将豌豆浸湿，遮光发芽，芽长两三寸，割芽苗入馔，通常叫作豌豆苗。原来吃豌豆苗的历史可以追溯到明朝。

豌豆苗和豌豆尖相比，茎细叶小，梗直苗挺，烫食最宜，清炒也可，口感不

豌豆尖

豌豆苗

如豌豆尖水嫩,但更清香。吃火锅烫豌豆苗比豌豆尖好,豌豆尖下锅就烂,豌豆苗稍煮不妨。豌豆苗还有一个妙用是调馅:开水焯过后挤干水分,不用切碎,直接拌进剁碎的肉里。豌豆苗猪肉馅的饺子是我的至爱,一口咬下,能吃到浓浓的豌豆苗清香。煮汤是豌豆尖好。有的四川人吃豌豆尖吃得清鲜,不下锅煮,而是在锅里做好了汤,豌豆尖放在汤碗内,沸汤一冲就得。豌豆尖被滚烫的汤烫熟,尚有生气。

我喜欢吃豌豆尖,冬天去买菜,看见新鲜肥嫩的豌豆尖总要买上七八两,回家择一择,下锅清炒。讲究的吃法是用动物油炒。豌豆之所以又叫寒豆,就是因为按中医的说法,它性寒。豌豆尖确实寒素,用动物油脂炒可增加肥润感。一般用猪油炒就很好,有的人别出心裁,用鸭油。李安的电影《饮食男女》里,家倩去男友家做菜,豆腐饺子、豆瓣鱼、孜然豆腐外,一盘蔬菜是鸭油清炒豌豆苗,用蒜蓉炝锅——这是为了凉热中和,鸭油性凉,豌豆苗也性凉,需要用热性的蒜

甜豌豆

来炝。

豌豆尖一定要吃嫩的。我择豌豆尖择得精细，只取上面两节。我婆婆嫌我浪费，把我择过丢弃的部分再择一遍，第三节上的两片大叶子也要撕下。后来我也学她，凡是指甲能轻易掐断的部分，统统留着炒了吃。豌豆尖这么好吃，一片叶子都不能浪费。

有人说吃豌豆尖好麻烦，农民为什么不摘短一节，卖贵点就是。说这话的人不知道豌豆尖的特性。摘下来的豌豆尖还在继续生长，末端老化，农民摘下来的时候第三四节是嫩的，两三天后到食客的餐桌上时就老了，非得在下锅前择一遍不可。

在我以前住的地方，有家邻居曾把房子出租给一个菜贩。冬天的晚上，菜贩运来齐胸口高的大塑料袋，直径足有一米，里面压得紧紧的都是豌豆尖。每晚临睡前，就见他盛了清水往豌豆苗上泼，泼上几大面盆，扎紧袋口，闷一夜。干瘪的豌豆尖经过一夜的水汽浸润，重又舒展开来，虽谈不上有多水灵，总不再是蔫蔫的了。见过他这样润发豌豆尖，就知道为什么上海的豌豆尖不好吃了，它能和四川乡场上农民早上才掐下来的新鲜苗尖比吗？

　　豌豆嫩荚一般叫作豌豆角或豌豆片，清炒、炒蒜蓉、炒腊肉、炒香肠、炒培根，甚至煮皮蛋豆片汤都好吃。人们最熟悉的豌豆角就是荷兰豆，比普通豌豆角更大更脆嫩，颜色稍淡，为豆绿色，清香带甜味，清炒就很好。有趣的是，中国人管它叫荷兰豆，荷兰人管它叫中国豆，都认为是对方培育出来的。

　　我翻了下书，荷兰豆这个品种还真是中国人培育出来的。这个名字的出现比我们想象的早，道光年间的《晋江县志》里就有记载。同时期的《台湾志略》中说荷兰豆如豌豆，但比豌豆角还要脆嫩，清香可餐。我忽然想到，台湾在明末清初被荷兰人占据，在台湾培育出的荚用豌豆被叫作荷兰豆，是很自然的一件事。

　　从山戎豆到荷兰豆，豌豆终于成了"客"家菜，也算回归本真。

指见为苋

　　农历五月初五端午节，按风俗要吃苋菜，为的是要"红"。就像汪曾祺先生在《端午的鸭蛋》里说的，端午节的菜讲究的要"十二红"，炒苋菜、油爆虾、咸鸭蛋什么的，样样都带红色。我估计别的蔬菜要是能出红汤，也会算在端午节的食俗里，不会非要苋菜不可。

　　苋菜下锅，汤汁尽红，颜色紫红夺目，盛在白色盘子里，白底子上汪着紫色的汤，以白托紫，纯净好看。若是用苋菜汤拌饭，白米饭转瞬间变成淡淡的紫红色，一粒一粒晶莹剔透。

　　苋菜的红在于它富含花青素，花青素溶于水，苋菜下锅遇热，叶子里的水分析出，花青素随之而出。而花青素的颜色随着植物细胞液的酸碱度改变，遇酸呈红，遇碱呈蓝，是以苋菜汤红，甘蓝水蓝；又因为各

苋,又名雁来红、老少年、三色苋,一年生草本植物。茎粗壮,绿色或红色。茎叶作为蔬菜食用,叶杂有各种颜色者供观赏。

种作物酸碱度的不同,就有了苋菜红、甘蓝红、花生衣红、落葵红、黑加仑红、桑葚红、红米红、紫苏红等深浅不同、色度各异的专属名称。这是一个多么有趣的现象。

端午节吃"红",估计是民间以毒攻毒的说法。五月为毒月,天气变热,百虫出动,蜈蚣、蝎子四处可见。苋菜有清火明目去热毒的功效,这个时候常吃,有益无害。苋菜水分多,一炒就出红汁,因此叫苋羹。但袁枚却说,做苋羹不可见汤。他说的做法是摘嫩尖干炒,加虾米或虾仁更佳。我想来想去想不出苋菜是怎么个干炒法,要么先用滚水焯过,挤干水分,再下锅炒,加虾米。但要真是这样,就索性别炒了,焯过水的苋菜挤干切碎,加用黄酒泡发的虾米凉拌,味道一流,再放点醋,开胃清爽。

苋菜吃法不多，加蒜蓉清炒，焯水挤干切碎凉拌，或者做馅烙合子，拌上粉丝包包子，这都是很常见的吃法。宁波、绍兴别有一种做法，把秋后老去的苋菜连根拔起，切去根和梢，只取用当中的梗——这梗比拇指还粗——切成一寸半两寸的段，丢进臭卤坛子里浸渍上一段时间，捞出来当咸菜吃，称为苋菜管。这苋菜管有个神奇的地方，经过臭卤的洗礼，梗里的纤维质变成了半透明的果冻状凝结物，吃的时候把一端放在嘴里轻轻一吸，"咄"的一声，就被吸进了嘴里，滑滑的，凉凉的，臭中带香，咸中带鲜，开胃下饭。早上用这个来搭配白粥，再鲜美不过了。

苋菜也不只有红苋一种，还有绿苋、白苋、紫苋、花叶苋、野苋等等，能够出红汁的是红苋。在现代化学染料出现之前，染料大都来自草木矿石。矿石染料价格昂贵，植物染料相对低廉，但染出一匹红布需要二十斤红蓝花，再便宜也不便宜了。是以红苋能够出红汁，就显得那么金贵，古人要赋予它一个专用字"蒉"，以示它和一般苋菜的不同。

苋菜染色，最简单易行又好吃的是染饭。我小时候听过一首歌，歌词里有"红米饭那个南瓜汤，挖野菜那个也当粮"。我对文艺作品中出现食物从来都是极度喜爱的，比如香港电影《三笑》里，小厨房的厨娘石榴对唐伯虎假扮的书童一见倾心，在炒菜的时候就欢快地唱："左一铲来，右一铲哪，肉丝十八铲哪。"炒肉丝都可以唱成歌，我那个欢喜，简直比唐伯虎点秋香时还要开心。整部电影我最喜欢的一段就是这里，可见一直是个吃货。虽然小时候就知道彼红米饭不是此红米饭，但只要一吃苋菜，必用苋菜汤淘饭，必会唱："红米饭那个南瓜汤……"现在，我知道歌里唱的红米饭是井冈山特产的红米稻。但这并不妨碍我炒一个蒜蓉苋菜，配一碗拌上苋菜汁的白米饭，再来一锅南瓜汤，夏天吃来正是清爽。

中医说苋性大寒，可攻热毒。想想这么寒凉的食物，一定对身体有所损害，

苋菜合子

苋菜择去老梗,洗净沥干切成末,拌上油盐调味为馅。面粉加水和匀,擀成薄饼两到四张,留出一厘米宽的边,摊上、拂在菜上,苋菜馅鸡蛋打散,盖上另一张薄饼,捺实,即成合子。锅置火上,锅内抹少许油,放入合子小火烘烤至熟,翻面再烘,佛黑即好。

于是古人又说了,苋不可与鳖同食,吃了生鳖瘤。古人有时候会板起脸来一本正经地胡说八道,比如民间传说取一块黄豆那么大的鳖肉,用苋菜封裹放在土坑内,盖上土,过一晚,苋菜就都变成小鳖了。但是明代医学大师汪机明确表示:"此说屡试不验。"——看来他是试过的。我看到这里就忍不住大笑。不过想想古人相信的杨花入水化为萍、雀入大水化为蛤、腐草化为萤等种种化法,不过是早期的格物论,也就不那么较真了。

苋菜还可治眼疾,古书上记载,有个人两目皆盲,遍访名医,久治不愈。有个乡野老农告诉他一个偏方,说采人家屋脚下的野苋菜煮汤煎汁,用以熏眼,当可得好。此人按此方法煎汁熏眼,久之目渐能视,竟得复明。写书的人接着发表意见说:《本草》上说苋通九窍,主清盲明目,苋字从见,不免要佩服古时圣人为此字取义的精妙之处。其实苋字的本义，《埤雅》上说明了："茎叶皆高大而见，故其字从见。"这是造字六法中的指事法。

不知为什么，古人仿佛相信苋菜有什么魔法，如果中国有霍格沃茨这样的魔法学校，魔药课里肯定有苋菜。宋朝史绳祖有咏红苋诗，诗名《红苋》："易称红苋美柔荑，夬决穷阴日旅辰。不以色红为贵尚，何因赤苋有仙人。"诗后自注说："余平生爱食红苋……且阅《图经》明州有赤苋山，世传赤苋仙人所种。"这个传说记载在《宋元四明六志》中，书上说："夏侯曾《先地志》云：亭头有赤苋山，上有磐石，可坐千人。秦始皇遣徐福求访神仙尝至此，或云昔有赤苋仙人尝居此山，因以名焉。"

一个神仙，叫个什么名儿不好，要叫赤苋仙人。原来红苋这么金贵，还是仙人所种呢。喜欢红苋的人很多，非只史绳祖一个。王安石也喜欢，还种了几株：

> 竹窗红苋两三根，山色遥供水际门。
> 只我近知墙下路，能将屐齿记苔痕。
>
> ——宋·王安石《竹窗》

他的脚印留在青苔上，难道是时时去墙下采苋菜？菜市场多见粗壮的红苋，一把把有一尺来长，寻常蔬菜而已，谁还拿苋菜当仙品？

陆游有诗："菹有秋菰白，羹惟野苋红。何人万钱箸，一笑对西风。"想想做个农家翁，种一丛茭白、半畦红苋，自采自炊，还真用不了多少钱，只可惜田园梦从来都不易做。

苋陆夬夬

苋陆夬夬，语出《周易》夬卦第五爻爻辞："苋陆夬夬，中行无咎。"夬音 guài，意为坚决、果断。宋朝的方回有一首吟咏易义的诗，诗中便有这个词："五王复唐祚，不杀武三思。苋陆察爻义，惜哉张柬之。"诗中的五王是指"神龙政变"的主事之人张柬之、敬晖、崔玄暐、桓彦范、袁恕己。这五人以"诛二张"为名夺过武周朝的皇位，迎立中宗李显，但再去请除诸武时，武三思棋先一着，设谋封五人为郡王，罢知政事，逐离京师，不久又贬他们为刺史、司马。张柬之、崔玄暐在被贬途中病死，敬晖、桓彦范、袁恕己则在被贬途中被杀。

夬的卦意是坚决果断，五人在诛二张时坚决果断，于是旗开得胜；除诸武时失了先手，便一败涂地。俗话说当断不断，反受其乱，五王之事便是如此。据说他们在举事之前卜了个卦，得了夬爻五阳的卦辞，便是"苋陆夬夬，中行无咎"。除二张果然中行无咎，但结局也应了夬爻

马齿苋,又名五行草、长命菜、瓜子菜、马齿菜等。一年生草本植物。伏地铺散,多分枝,叶片暗绿,花黄色,嫩茎叶可作蔬菜,味酸。

六阴的卦象:"无号,终有凶。"当时没有乘胜追击,终遭凶险。

从"神龙政变"到五王被杀,这么多的大事件,都由苋陆给出了预兆。《周易》能成为中国人的水晶球,不是没有原因的。所以清朝人张照在给一幅杂花图写题画诗时说:"大易系苋陆,绘图意良深。"画的是什么杂花呢?苋陆呀。《周易》中的苋陆,指的是两种植物:马齿苋和商陆。

《周易》太高深,我也不想试着去弄明白为什么有的爻辞是亢龙有悔、见龙在田这些听上去就很有范儿的神物,有的爻辞就是马齿苋和商陆这些草木之身了。现在我们只知道马齿苋是一种野草,偶尔可视为菜,没有什么了不得的,但在古代,它还真的颇为重要。马齿苋一名五行草,以其叶青、茎赤、花黄、根白、子黑拟五行,如此附会,是不是很看重?

民间还传说,新鲜马齿苋烈日曝晒也不容易干,它的汁液流出来,会凝结而成水银。因汞性流动,断而能合,遇之则融,生而不死,圆转如意,故马齿苋又得名长命草。马齿苋的汁流出来会变成水银这种传言,古代还真有人信,宋人范成大写过一首吟咏秋园草木的诗:"玉菌化生稚子,碧枝视现声闻。马齿任藏汞冷,

晒干马齿苋

鸿头自胜硫温。"玉菡是孩儿莲，碧枝是罗汉木，马齿是马齿苋，鸿头是鸡头米（芡实）。马齿苋性冷，藏有水银；鸡头米性暖，别号水硫黄。话说水银入体，必死无疑，不知有没有人怀疑过这种说法？

但长命草这个名字多吉利啊，而国人又是多么喜欢讨口彩，于是就有在新年里吃长命草的风俗了。采摘要在头一年的六月六日，晒干后保存至春节，取出来煮熟，油盐醋拌食。于是，马齿苋便又有了安乐菜的名字。明人所著记录明宫日常生活的《酌中志》中说：

> 除夕名物多取吉祥，安乐菜者，干马齿苋也；如意菜者，黄豆芽也。守岁时，取红枣、福建莲子、荸荠、天生野菱，煮粥食之，谓之洪福齐天。

不只春节吃，端午节也要吃。"夏至后伏日，戴草麻子叶，吃'长命菜'，即马齿苋也。"一个马齿苋,在春节时吃是安乐菜,在端午节时吃就是长命菜。

　　古人把马齿苋放在苋菜类里,说它性凉解毒;又说"又一种番苋,午食行血,晚食破血"——好家伙,这个番苋是什么东西,这么厉害?不过说马齿苋性凉倒没错。要论什么药材最清热解毒,马齿苋绝对能排得上前三名。夏天要是生个热疖疔疮,采点马齿苋来捣烂了敷在患处,过一夜就拔疔根、消炎肿了。据说唐元和八年那个著名暗杀事件的主角——在上朝途中被刺客杀死、躺在自家门口一百米外死去、无人敢救的武元衡,就曾患有胫疮,锹痒痛楚,三年不愈。有个小吏去采了点鲜马齿苋捣烂了给他敷上,换了几次药就好了。——这个故事被记载在《鲙残篇》里。

　　马齿苋得名,是因为叶子像马齿,上端平圆,下端锐尖。手工缝制的老式布袜子底也是这样,所以,在老北京人那里,马齿苋叫袜底子菜。马齿苋虽是野菜,出现在餐桌上的概率还比较高,菜市场也有卖的。至于吃法,一般也就是滚水焯熟,切成段加油盐醋凉拌,或者晒干后焯熟切碎了加豆腐干丁拌成馅,包包子吃。我朋友在淮北,他们那里管它叫马莲菜,多是凉拌了吃。汪曾祺先生是高邮人,说他祖母吃长斋,夏天采肥嫩的马齿苋晒干了包包子。

　　提到马齿苋包子,我想起了曾经读过的一篇文章,名字叫《皇后娘娘的柿饼子——所谓民间想象》。里面说民间唱戏,都换成当地民众听得懂的内容。比如同一出《关公辞曹》,曹操的唱词在京剧里偏书面语一点:"上马金,下马银,美女红袍。"在河南曲子里就是:"顿顿饭四个碟两个火烧,绿豆面拌疙瘩你嫌不好。"到了另一个版本,我估计是陕西的剧种比如秦腔,唱词又改了:"在许都我待你哪点儿不好,顿顿饭包饺子又炸油条。你曹大嫂亲自下厨烧锅燎灶,大冷天只忙得热汗不消。白面馍夹腊肉你吃腻了,又给你蒸一锅马齿菜包。搬蒜臼还把蒜汁捣,萝卜丝拌香油调了一瓢。"

蒜泥马齿苋

马齿苋择去老根，洗净，焯水。蒜用蒜臼压成泥，加油盐酱等调成味汁，淋在马齿苋上，吃时拌匀。

马齿苋焯熟了凉拌吃，凉凉的，略带点酸。这叫我想起了杨绛先生写的话剧《弄假成真》。里头的男二号是个住在上海棚户区的青年，在家吃饭时他母亲说面酸了，他说酸好，省得搁醋了。

马齿苋是野菜，过去用来救荒。苏轼在元丰六年给皇帝写奏章说："士人南来者皆云：今秋庐、濠、寿等州皆饥，见今农民已煎榆皮，及用糠麸杂马齿苋煮食。"清朝有人写诗："古来饥荒载篇牍，水擷凫茨野采蕨。"掘荸荠、剥榆树皮、挖马齿苋都是灾荒年的景象。千百年来，一遇饥荒和战乱，老百姓就只能吃这些活命。

对饥荒的恐惧是深刻在这个民族的记忆基因里的。至今网络时代的精英们遇到不明生物，第一句话仍是"能""好""怎"——能吃吗？好吃吗？怎么吃？可见其源远流长。在中国古代平均十年一次大饥荒、三五年一次小饥荒的岁月里，马齿苋这种肥嫩可食的野菜见到就要采之不疑、果断下手。"苋陆夬夬，中行无咎。"稍迟就落入他人之手——咦，我怎么像有点弄明白这句卦辞的意思了呢？

茵陈酒和绿仙子

老舍先生的《四世同堂》里有一位钱先生，一辈子清高，洁身自好，诗酒自娱，高风亮节，与世无争；但到了国家民族存亡续断的关头，一样如年轻人般走出书斋，不惧牺牲。

书中描写钱先生说："他的每天的工作便是浇花，看书，画画，和吟诗。到特别高兴的时候，他才喝两盅自己泡的茵陈酒。"

在整部《四世同堂》里，钱先生始终都是穿着长衫、端着茵陈酒杯的儒雅形象。当听到儿子开车摔死了一车的日本人时，他"倒了大半茶杯茵陈酒，一扬脖喝了一大口"，低声说："死得好！好！"

过去的文人名士多喜欢喝茵陈酒。唐鲁孙曾写过同仁堂的茵陈酒：

> 北平同仁堂乐家药铺，有一种酒叫绿茵陈。这种酒绿蚁沉碧，跟法国的薄荷酒一样地翠绿可爱。酒是用白干加绿茵陈泡出来的。

梅兰芳和齐如山常喝这种酒，诗人黄秋岳说，名菜配名酒，可称翡翠双绝。"翡翠双绝"四字，一听就清凉可爱，令人口齿生津。

同仁堂的茵陈酒到20世纪80年代还有售，透明玻璃瓶盛装，贴"同仁"牌，酒色作浅棕，并不像唐鲁孙说的是碧绿生青。三月茵陈五月蒿，泡茵陈酒要采摘春天初发的茵陈嫩苗。将采来的新鲜茵陈苗晾晒一二天至凋萎，加足够量的高度白酒和冰糖，至少浸泡六个月制成母酒；浸好后的母酒过滤掉茵陈，再加三倍的白酒放入铜锅中隔水蒸，煎出碧绿的清酒，放凉便是绿茵陈酒。

茵陈酒除了可以像钱先生那样高兴时喝一小杯，立夏之后喝几杯能去湿，而它更重要的用处是在除夕夜的团圆饭桌上。除夕之夜，新旧交替，一元伊始，万象更新。这时阖家喝几杯绿茵陈酒，正是除旧迎新的绝好佳兆。所谓"茵陈"，即"因陈"，是"以其经冬不死，更因旧苗而生"。因陈而布新，没有比茵陈酒更适合除夕夜喝的了。

老北京有喝茵陈酒的传统。《清稗类钞》说京师之酒：

> 京师酒肆有三种……一种为南酒店，所售者女贞、花雕、绍兴及竹叶青……一种为京酒店，则山左人所设，所售之酒为雪酒、冬酒、涞酒、木瓜、干榨……别有一种药酒店，则为烧酒以花蒸成，其名极繁，如玫瑰露、茵陈露、苹果露、山楂露、葡萄露、五加皮、莲花白之属。凡以花果所酿者，皆可名露。

茵陈蒿,又名茵陈、因陈、绵茵陈、绒蒿等,半灌木状草本植物,植株有浓烈的香气,主根明显木质,初春生新叶,可食。

在康熙之前，老北京人喝酒以南方的黄酒为上等，白酒、干酒并不入品。有了茵陈酒、莲花白、玫瑰露等加入了茵陈苗、荷花蕊、玫瑰花瓣等有草木香气的白酒之后，黄酒的地位才渐渐被取代；如今，北京已经没了喝黄酒的风俗，茵陈酒、玫瑰露等花草酒也久不见闻，一任纯干白酒占领旧时生活空间，民间也少有种草莳花浸酒、品香草酒的情趣了。

与中国的茵陈酒类似，法国有苦艾酒，两者虽然提取方法不同，但用的都是菊科蒿属植物。苦艾酒是用黄铜蒸馏设备进行多次蒸馏、着色、过滤制成。苦艾含微毒，制成酒据说有致幻作用，在两百多年里都是违禁之物，到2005年才取消禁令。亦舒在《禁足》里这样描写它："碧绿色的苦艾酒极容易上瘾，茵陈酿制，麻醉作用比其他酒又更加厉害……这是一杯毒酒。"虽然亦舒不懂植物分类学，把酿造苦艾酒的中亚苦蒿误会为茵陈，但对于一个于上海度过童年、在香港长大、受英国教育的宁波小姐而言，知道茵陈可以泡酒也很不容易了。

相比苦艾的微带毒性，茵陈有益无害。茵陈又名茵陈蒿，三月新生的嫩苗除了可用来泡酒，也可以拌上麦粉蒸熟做主食，或焯水凉拌做蔬菜。但是余下的大多数时间，它就是蒿子秆。蒿子秆也不是全无用处，到了农历七月十五，旧时过盂兰盆节，点蒿子灯时就用得着它。《燕京岁时记》有载："三月则采入药为茵陈，七月小儿取作星灯。谚云：'三月茵陈四月蒿，五月六月砍柴烧。'"

想想如今的万圣节，各地商家占尽先机，游乐场、酒吧街等热闹非凡，平时卖不掉的糖果销售一空，淘宝上各种COSPLAY（角色扮演）的衣服卖得断货。盂兰盆节却没人看重，要知道在以前，这个节日也是狂欢之夜。

盂兰盆节需要哪些道具，可以参考一下邓友梅的《烟壶》，在此不能尽录：

> 天刚杀黑，远远近近响起法鼓铙钹诵经拜佛之声。孩子们手举长梗荷叶、

茵陈

茵陈酒

> 挖空心的莲蓬、掏了瓢镂了皮的西瓜,各插了小蜡,燃点起来,边走边唱。……寿明和乌世保也把荷叶上的蜡烛和青蒿上上百支线香点燃,院内顿时亮起千百盏星星几十轮皎月。

曾经这么热闹的盂兰盆节,即使在影视剧中也看不到了。同仁堂的茵陈酒已成绝唱。如今江苏南通还在生产茵陈大曲,这是张謇在两江总督张之洞的支持下于1894年在海门市常乐镇创办的酿造公司。有些地方还出产茵陈汁,也不那么为人熟知。

我很喜欢茵陈的香味,在春初的时候采了一大捧茵陈苗,买了伏特加来酿制茵陈酒。泡了半年后,打开来闻,香气扑鼻。我喜欢茵陈到什么程度呢?我写过一本小说,书名为《天堂里的陌生人》,女主角的名字就叫茵陈。我赋予她最完美的情操和性格,却给了她最残酷的爱情和命运。她就像茵陈一样,温柔坚忍,矢志不移，善良柔韧，情意绵长。

早春二三月，采摘茵陈的嫩苗，除了可以酿制茵陈酒，还可以做蔬菜，或做主食。东坡诗"堆盘红缕细茵陈，巧与椒花两斗新"，"堆盘红缕"说的是鲜切鱼脍，也就是生鱼片；宋人吃生鱼片要配茵陈苗和花椒叶，就像现在日本人吃生鱼片必配苏子叶和萝卜泥。这个菜是元旦那天吃的。大年初一，万象更新，这个时候的茵陈才出第一轮新叶，正是应了"因陈布新"之意。如果没有茵陈酒，那就来一盘茵陈苗配生鱼片吧。和苏东坡这样的老饕吃一样的元旦家宴，想来甚是有趣。

明朝的王世贞很喜欢茵陈饭。他去瓦官寺时吃的是茵陈饭："晨钟梵纲肃，午饭茵陈香。"出去春游吃的还是茵陈饭："饱进茵陈饭，眠酣荟蔚房。"

茵陈苗的家常做法很简单：像蒸槐花饭一样，洗净控干水的茵陈苗拌上面粉干蒸，吃的时候拌油盐蒜泥；或是茵陈苗切碎打个鸡蛋和上面粉，煎成饼也很香；或是做成菜团子蒸熟或煎熟；或者开水焯过，捞出过凉，切碎了加油盐凉拌。

　　无论 CCTV，还是新浪微博官微，包括本地加了蓝 V 标志的"上海发布"，在立冬、冬至、春节、二月二、春分等等传统节日的时候，都会不约而同地发饺子图，说"过节了，吃饺子咯"，完全不顾及非饺子区人民的感受。

　　本地人任何节日都不吃饺子。冬至不吃，春节不吃，二月二还是不吃。一年四季二十四个节气，某一个地方偏爱某一种食物，与地里的产出有直接关系。北方出产小麦，包饺子、烙饼、擀面条；南方盛产各种蔬菜，节日也离不开这些。

　　以苏南为例，冬至吃馄饨，代表混元一气；除夕团年饭吃"七件子"，鸡、鸭、鹅、蹄膀、火腿、鸽子和鸽子蛋等炖一锅，少几件也不要紧，

芥菜：一年生草本植物。茎叶供食用。种子磨粉称芥末，为调味料，榨出的油称芥子油。

芥菜

只用鸡、鸭、蹄膀的叫"三件子";初一早上吃菜头面,谐音有彩头;元宵节吃甜的咸的汤团;二月二,炒米,炒糖豆(《新安竹枝词》曰"炒虫冻米防朝馁",二月二炒米,谓之炒虫。天气回暖,米豆易出虫);清明吃青团,用艾草或麦青挤汁和糯米粉,包进豆沙馅蒸熟了凉吃;四月初八佛祖诞日,吃的是本地特有的乌米饭——用乌饭树的叶子捣出黑汁浸泡糯米过夜,蒸熟拌白糖吃;端午吃咸鸭蛋和粽子;立夏吃蚕豆,大人会用线把蚕豆粒串起来挂在孩子脖子上,让他一边吃一边玩;七夕吃巧果;中秋吃桂花糖芋艿和盐水毛豆,月饼在旧时苏南小镇很少见;秋天吃螃蟹,冬天喝赤豆莲心糖粥;过春节,唯一吃的饺子是蛋饺——蛋液在碗口大的铁勺里加热成圆形,放猪肉馅做成饺子,做上几十个,蒸熟备用——年夜饭的鸡汤里放几只,金灿灿的,好看又鲜美好吃。

讲传统，南方春节是一定要吃芥菜的，取介然正气之义。清朝同治年间范祖述著《杭俗遗风》一书，有一段讲年俗说，每逢冬至、新春、元旦、小年朝之前一日，晚上要供隔年饭，揪隔年火，扫隔年地。隔年饭是在家堂家庙各种神像牌位前供饭一碗，插柏枝，摆小橘，还有两片年糕。又用淘箩一个盛上饭盖上锅巴，上面插一杆秤、一根柏枝，两旁是松明柴，还有两根葱、一块豆腐，其他还有年糕、橘子、元宝、花糕等等，供在大厅的神轴面前，名为聚宝盆。范祖述作《年终即景竹枝词》说："欢喜团子命名嘉，善富花元买遍家。芥菜红丝颜色美，此中年景最喧哗。"蔬菜品种那么多，只有芥菜是必备的。

清朝的《淡水厅志》中记载，当地人除夕要煮芥菜一盆，名为隔年菜。同治年间，台湾学者傅锡祺有"寒厨一例长年菜（乡俗：元日断荤，以芥菜堆盘，谓之吃长菜），也抵荤盘荐五辛"之语，可见元日吃芥菜非一地之风。

浙江温州二月二吃芥菜饭，言吃了芥菜饭，不生疥疮。2014年的温州新闻说，农历二月初二这一天，全市人民至少吃了十万斤芥菜。温州本地芥菜在一月、二月是生长最好的时期，也最好吃。进入三月，天气回暖，芥菜抽薹开花，营养价值和口感都下降，因此才在三月初时大量上市——吃掉田间芥菜，以备播种新菜。

这都是南方食俗，即使是北京，从前也不是逢节过年必吃饺子。《燕京岁时记》记录了从元日到除夕这一年的节日、节气、风俗和吃食，除了元日吃煮饽饽（饺子），别的节日都各有各的吃食：

> 二月二日，古之中和节也。今人呼为龙抬头。是日食饼者谓之龙鳞饼，食面者谓之龙须面。闺中停止针线，恐伤龙目也。

长三角一带的人无不喜食芥菜。芥菜得名一个"芥"字，是因为气味辛烈，是菜中之介然有节者。介然，耿介高洁之意。芥菜辛辣的气味为它赢得了刚介的美名。

大家都知道芥末辣，一口吃下，眼泪横流。这芥末便是芥菜籽做的。芥菜因为有辛辣的特性，鲜食冲鼻，便腌作咸菜来吃。芥菜中导致辛辣口味的硫苷在腌渍的过程中被分解，辣味变淡，乳酸菌发酵产生谷氨酸，鲜的味道就此诞生。因此一入冬月，江南各地都有腌芥菜的风俗，买起来是一担一担地买，腌起来是一缸一缸地腌。

《杭俗遗风》一书写到过腌菜：

> 杭城犹有踏菜一事。在于冬至节半月之前，买白菜千百斤，洗净晾干，用盐腌于七石缸内。凡菜一层，铺盐一皮，须用人踏，故名踏菜。

我家乡溧阳，旧时也有踏菜一事。踏菜之人都是年轻男子，我家是我大表哥。我四五岁方记事时，他已经工作了，年轻，有力气，有精力，可以踏上一晚上的菜。踏菜是颇费力的，耗时又长。我外婆那时已经七十多岁了，年老体衰。腌菜是大事，她只负责口头指挥。买菜是让相熟的菜农挑上几担放在屋里，晒菜有女儿动手。

买上几百斤长秆芥菜，晒得蔫了，准备踏菜。踏菜都在晚上，正像书里说的，菜一层，盐一层，层层踩紧，靠踏踩之力尽量挤出菜里的空气。腌之前要先炒一碟黄豆或是干蚕豆放在一边，家里小孩子一边围着做事的大人蹦蹦跳跳，一边吃着炒豆子。大人会故意问："脆不脆？"小孩子就会说："脆！"大人满意了，目的达到。孩子回答的是豆子脆，大人心里想的是腌菜脆，为的是讨个口彩。

新腌的芥菜非常好吃，黄绿色，脆而鲜。用清油一炒，尚有芥辣之气，清冽开胃，咸鲜下饭。我少小离乡，多年没有吃过家里腌的芥菜，偶尔回去，家里亲

笋子芥

榨菜

戚烧的都是肥鹅大鸭子、鳜鱼活青虾,再不会用腌芥菜待客。直到那一年外婆去世,我回乡奔丧。法事做完,临走那天清晨,按风俗,早餐要吃芥菜饭。

芥菜是远房亲戚自家腌的,切碎炒了老大一盆,放在桌上,咸香刺激。我本来因伤痛而胃口不好,在闻到腌芥菜的清香时,哗一下食欲就有了。那时芥菜腌好刚开坛不久,正是鲜香味清之时。等到过年后,芥菜缸里卤水变浊,叶黄菜咸味酸,吃口就要差上许多。

我上小学时,还吃过一种"冲辣菜":新鲜芥辣菜切大粒,烧干锅到红,炒菜粒极生,不能变色,甚至不能断生;菜下锅,入少许盐,翻匀即成,一炒即得;迅速盛出,放大碗内,用盘子盖住,不使热气外泄;过半天,揭盖而食,辣味上冲天顶,下通腹膈。手艺好者,一盘端出,不及下筷,只嗅其味,便可涕泪齐下。夏日疰暑,肠胃不佳,也可就此菜下一碗白米粥。有一邻居阿姆,极擅此菜,她

雪里蕻

叶瘤芥菜

笋壳菜

家每炒冲辣菜，我都要捧碗去讨要一份，欣欣然而归。

芥菜是个大家族，分根用、茎用、叶用、薹用、籽用、芽用六大类。根用芥菜就是大头菜，北方叫芥辣或芥菜疙瘩；茎用芥菜包括笋子芥（棒棒菜）、抱子芥（儿菜），和青菜头（榨菜），都以四川为主产区；叶用芥菜品种最多，有大叶芥、小叶芥、花叶芥（金丝芥、银丝芥，只在上海和广东有种植）、白花芥、长柄芥（腌菜用的就是这种）、叶瘤芥（因叶柄近基部有瘤状突起，本地称之为弥陀芥菜；叶片巨大如笋箨，四川呼为笋壳菜，用此菜泡出的酸菜就是做酸菜鱼的主要原料）、分蘖芥（江南名雪里蕻，北方叫春不老）等；薹用芥菜以花茎供食，可制作冲辣菜（不是所有芥菜都可以制作冲辣菜，须得是四川小叶冲辣菜、贵阳辣菜；古人说的五辛之一的芸薹我猜便是这个，常见的紫菜薹、绿菜薹没有辛辣气）；籽用芥菜就是芥子菜，籽可榨油，磨末即是芥末，整粒的芥菜籽也是咖喱的原料；芽用芥菜便是用芥菜籽发芽，当新鲜蔬菜吃，就是和黄豆芽、绿豆芽、香椿芽、豌豆苗一样的芽苗菜。

长秆芥菜在江南是腌作咸菜，在闽越是晒作菜干。粤菜馆的例汤就有南北杏

芥菜苗　芥菜

菜干煲龙骨汤,我喜欢这个汤,每去必点。汤中的菜干极香,即使是在广东餐厅后厨那种一煲五六个小时的文火慢炖之下,也久煲不烂,保持着菜干的形状和香气。

广东芥菜非同凡响,各种芥菜琳琅满目,在中国算得上培育芥菜品种数一数二的地方。早年我在深圳工作,公司小,便在离得最近的大型电子公司的食堂搭伙吃饭,天天中午都是芥菜炒肉片,芥菜清苦,肉片稀少,近似水煮,吃多了几乎怨恨。但到了餐厅,点一盘芥菜炒牛肉片,又喜欢得不得了。芥菜仍然清苦,餐厅炒法是大火快炒,做出的芥菜带了油香镬气和蒜蓉爆炒的味道,马上变得好吃,更兼牛肉滑嫩,是一道极受欢迎的快手菜。

关于粤地芥菜,《岭南异物志》记载了一则志怪:"尝买芥菜置壁下,忘食。数日,皆生四足,有首尾,能行走,大如螳螂,但腰身细长耳。"我看了就想,这是什么昆虫呢?芥菜肯定不会变成昆虫,必定是别的昆虫在菜上产卵,粤地温暖潮湿,虫卵孵化成虫,下地避走。此虫大如螳螂,腰身细长,螳螂的腰身就很细长了,还有什么昆虫的腰身可以和螳螂比细?也许是当地的螳螂,此书作者不识耳。或者是叶䗛?那是一种长得像叶子的竹节虫,附于叶上,几无分别。

雪里蕻炒肉末

新鲜青雪里蕻洗净,切碎末。肉末加酒、盐、酱油、胡椒粉、干淀粉拌匀,锅内放油,下拌好的肉末炒散,滴干水分,炒出肉油,下切好的雪菜翻炒断生即可。

最近朋友寄来她家自晒的芥菜干。我拿到后便用来煲排骨汤,煲出的味道和粤菜馆里的没几分差别,芥菜干香气浓郁,连排骨都变得风味十足。朋友是福建南靖长教村人,电影《云水谣》中的乡村景色便是摄自长教村。我去南靖看土楼,无意中走到她的故乡,和她在QQ上聊起,顿生亲切之感。知我喜欢家乡的土产,她便赠我自晒的笋干和芥菜干。我食笋干多矣,她家的自晒笋干是最嫩最鲜的。而芥菜干,除了煲汤,我还做了红烧肉——肉糯菜香,美味无比。

二 紫茎兰芽

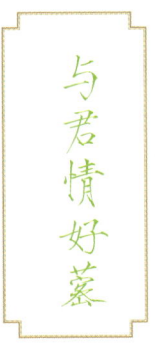

与君情好藕

  《舌尖上的中国》第一季第一集甫经播出，便如横空出世的莽莽昆仑，在诸多讲美食的纪录片里达到难以企及的高度。以至于第二季播出后风评和口碑与期望值之间的落差太大，让观众看得直磨牙。再翻出第一季来，边看边评，不免感叹说：当时只道是开端，哪知事后成绝响。

  第一季七集中，我最爱的仍是第一集《自然的馈赠》，香格里拉的松茸、浙江和广西的竹笋、诺邓的火腿、珍湖的藕、查干湖的鱼……虽然都是来自自然的馈赠，仍然需要大量的人工去采摘、挖掘、捕捞、制作。我知道采拾松茸要一枚枚去找去寻，也知道腌制火腿要制盐要搓要风干，也亲眼见过挖竹笋和捕鱼，但我不知道挖藕是这么艰难的生计。

  冬天，挖藕工在抽干了湖水的泥沼里挖一冬的藕，住在湖边的窝棚

里，晚上能吃上热乎乎的炖藕汤就是最大的满足。挖泥，起藕，从黏糊糊的灰黑泥涂里取出六七节的连枝藕，不能折断，不能灌进泥。冬天难得的一个晴天里，夕阳西下，一艘艘沾满泥浆的运藕小船和挖藕工一起向岸边划去。上岸，他们洗一洗泥，炖一锅藕汤。用这一锅热汤，驱走一天的寒气。

　　我生活在阴湿的南方，知道这里的冬天是怎样阴冷彻骨。当屋外的温度是零下1摄氏度的时候，偶尔下雪，或者是雨夹雪，落在地上就化了；或者是小的雪珠子，落在车子的顶上，"卜卜"地跳；气温超过1摄氏度，就不下雪了，下连绵不断的雨，淅淅沥沥，连续下一个星期。天是阴的，灰扑扑一张毯子般遮住天光；地是湿的，墙根台阶缝里长出青苔，一踩一滑。冬衣棉袄越穿越重，吸饱了空气里的湿气，在厨房烧煮食物，还没等水壶里的水煮开，衣服已经冒水汽了。这里的人冬夜吃饭，

藕带是莲鞭的生长芽，在泥潭里生长探路；在它的带领下，莲鞭恣意排开，间隔有节，节间向下生根，向上长出荷叶。

从来都是穿着羽绒服吃；老人在家也戴羊毛线织的帽子和围巾，穿棉裤和棉鞋，脸颊和耳朵的冻疮生久了呈半透明的淡紫色。南方的冬季从来都不诗意。

这样的冬天，胃和舌头都在叫嚣着要喝一锅热汤，除了汤热，还需要厚厚的脂肪、浓浓的蛋白质、稠稠的淀粉来组合成鲜美的味道。一碗下去，额角冒细汗；两碗下去，脱外套脱背心；三碗吃饱，挽袖子洗碗。这锅汤，在上海，是竹笋咸肉蹄膀组成的腌笃鲜；在湖北，就是莲藕骨头汤。

冬天的莲藕骨头汤，春天的藕夹，夏天的凉拌藕丁，秋天的桂花糯米糖藕……这一生吃过多少藕？数不清。从来没想到过面前这一盘藕来得这样不容易。看了那一集后，凡再吃藕，就带了复杂的心情，洗的时候小心，做的时候用心，吃的时候每一口都珍惜——实在来之不易。

湖北出产中国最好的藕。中国莲的品种收集和选育中心在湖北，中国水生蔬

藕带洗净,切成小段,用白醋、盐、糖、千红辣椒腌渍三至五天,入味即食。

酸辣藕带

菜资源囤在武汉。湖北除了藕好,当然也出产莲子。著名的湘莲和建莲都比不上湖北莲子。除了莲子,还有藕带。

藕带上市的时间是在仲春或春末。四月底五月初,武汉周边的城市江夏、洪湖、仙桃、嘉鱼这些产莲区开始供货,多的时候,一斤不过5元;贵的年份,可以卖到10元。比起苏州秋天"水八仙"之一鸡头米动辄100多元一斤的价格,十分便宜。藕带与藕相比,更嫩更脆又水灵,切开的剖面就像是缩小的藕;小指头粗细,雪白纤巧,不染一点杂色,像是用羊脂白玉雕刻而成的艺术品,精致玲珑,晶莹剔透,看了不舍得吃。

这样的好东西也就湖北这样的产莲大省才可以这么奢侈地吃,别的地方很少见到。

我的阳台上常年种着两缸荷花,每年春天都需要翻盆重种。惊蛰之后开始准备,选一口漂亮的瓷缸,找来河泥(公园里清塘挖出的泥就很好)放到缸的一半,放太阳下晒干,下雨就拿个盖盖上。春分的时候,就可以种了。挑一个天气晴好温暖的下午,把原来荷花缸里的水都倒掉,从泥淖里挖出上一年残留的藕来,清理掉藕上的根须，放在晒好河泥的缸里。旧缸里的泥清理掉烂须老根，壅在藕上，继续晒太阳。晒到上层的泥干了，开裂坼缝，再倒进平时贮在浇花缸里的陈水，与缸沿齐平。这一年的工作就算做完了，等着看缸面先出荷钱，挺出水面，三五叶后，长出花苞，开荷花，结莲蓬，等着吃新鲜的莲子。

在那些清理下来的根须里，就有莲鞭和藕带。莲鞭是藕的生长根，先出莲鞭，再长藕。不是每一枝莲鞭都会长出藕，藕也不是莲鞭膨大后的结果。莲鞭自是莲鞭，藕自是藕。藕带是莲鞭的生长芽，它在泥淖里伸展生长，四处探路。在它的带领下，莲鞭恣意排开，间隔有节，节间向下生根，向上长出荷叶。池塘河汊里高过人头的翠绿荷叶都是从莲鞭的节上长出来的。

荷叶田田，接天铺水；荷花开处，映日澄霞。这些都是水上的情景。水下，莲鞭在长出最高一片荷叶后，遗传基因和时令告诉它时候到了，盛夏马上要结束，秋天要来了。这时莲鞭停止往横里长，鞭节上长出最后一两片展不开的小荷叶，叫休止叶。休止叶长出，莲鞭的生长素开始发生改变，这时它长出的不再是细细的莲鞭，而是粗壮的藕节。藕节有时是三节，有时是六节。它们肥硕的躯体里贮存了满满的淀粉和营养物质，准备好来年发芽。藕是个营养仓库，是莲的休眠芽。

藕带是俗称，是莲农在疏塘时清理下来的多余的东西，但它纤维少水分多，清甜脆生，比藕的口感好，在产莲区比藕还受欢迎。水生植物难以保存运输，在从前冷链运输不发达的时候，不在产莲区的人不易吃到，以至于藕带成了一种地域性颇强的食物，存在于产莲区饕餮者的口碑中，引发好食者的无限好奇。

藕带在上古时期，有一个文雅的闺名，叫䈽。古人是很有文采的，把荷的每一部分都取了名字：荷花的茎或梗叫茄，荷叶叫蕸，荷鞭叫䈽，荷的花叫菡萏，荷的根叫藕，荷的果实叫莲，莲子叫菂，菂中间的心叫薏。

䈽的意思是入水深密。清朝的程晋芳有一句诗："谁信莲枯犹有䈽。"古人是知道蕅为莲之本的，就算荷花谢了荷叶枯了，水上部分全部消失，泥下还有蕅呢。

古人是真喜欢给物取名，一个名字嫌不够，还要再取一个加以说明。蕅的另一个名字，叫蒻，因此藕带也可以叫白蒻。白蒻这个名字比蕅还要形象些。蒻的本义是柔软的蒲草，可以编席（如"匡床蒻席"），可以织笠（如"青蒻笠，绿蓑衣"）。藕带的样子，和蒲芽十分相似，色白，所以叫白蒻，《本草纲目》云："藕芽种者最易发，其芽穿泥成白蒻。"

明末广东才子屈大均有一首《古意》诗，曰："与君情好蜜，白蒻在泥中。花叶生同节，相莲自始终。"诗名古意，果然是用古意。相蕅（忆）复相莲（怜），莲（怜）心药药圆。与君情好蕅（蜜），相莲（怜）自始终。

藕带脆嫩，入馔大佳，蔬食上品，切段快炒或凉拌都宜。

周王室的香蒲菹

上篇中说,蒲草亦称蒻,那么这篇就写蒲蒻。

蒲,指香蒲,俗称蒲棒。春末夏初,香蒲花茎的顶端长出蜡烛一样的花序,棕色,软绵绵像是用海绵包裹着,又好看又好玩。夏天到水边走走,常能见到浅水里一丛丛长得很高的香蒲,有长出蒲棒的,就折几枝下来,带回家插在瓶里欣赏。香蒲棒一枝枝笔直,中间胖出一截,顶端还有一段绿色的茎芯,因此又叫水蜡烛。蒲棒可以插很久,从夏天到冬天。花瓶里不放水,当干花插,也可以摆放几个月。

蒻,字典里解释是嫩蒲草,不过结合藕带来看,应该是指植株底部的根状茎,"茎下白蒻,在泥中者"的那一部分,俗称草芽。蒲菜和草芽也不是一种:草芽就是前面说的白蒻,香蒲地下部分的根状茎,躲在香蒲，多年生水生或沼生草本植物，生长在全国大多数省区的湖沿、池塘、沟渠、沼泽及河流缓流带，叶片用于编织、造纸等。雌花序可作枕芯和坐垫的填充物，是重要的水生经济植物之一。香蒲叶片挺拔，花序粗壮，常用于观赏。

草芽

> 建水草芽是香蒲的根状茎先端,蒲菜是香蒲的幼叶基部,均可作蔬菜食用。淮安

泥里侦察窥视探测环境,有适合的地方就生根发芽长出叶子来;蒲菜是由蒲叶抱合形成的假茎里的嫩芯部分,没晒到太阳,没经过光合作用,因此也是白色的。这两种都纤维少、水分多,因而口感脆生。

蒲菜里有名的是江苏淮安月湖的蒲菜,草芽里有名的是云南建水的草芽。淮安的蒲菜没吃过,建水的草芽有幸尝到过,确实清香鲜嫩。

某一年春节长假,去云南旅游,目的地是元阳的梯田。前一晚宿在昆明,早上去翠湖喂过红嘴鸥才出发,开车一路向南,中午一点钟左右到建水,午饭就在建水老城里吃。

车子停在建水朝阳门外,慢慢沿着古城的老街往文庙走,看老旧建筑布满整条街。建水县城文风很盛,文庙、贡院、考棚等古迹依然在,民居的白壁上写的不是"书香门第",就是"清白传家"。文庙前有一棵很大的凤凰木,冬天掉光了叶子,结了很多荚;里面有一个湖,应该是泮池,池前有孔子像。

回转到老街上,去找香满楼饭店。这家店是建水一家颇有名的饭店,在驴友的帖子里时而出现。坐下后点了四菜一汤:元阳梯田鱼、香煸干巴菌、清炒草芽、烤豆腐,汤自然是云南名菜汽锅鸡。

先上来的是一盘烤豆腐,也就是《舌尖上的中国》里出现过的建水豆腐。在大板井旁,女人们用小块的方形纱布包裹一团豆腐,折叠成方形,再打开,一个正方形的豆腐就做好了,放在竹匾里,让河谷里温暖的风去吹干。半个月后,炭火盆和铁炉篦上,慢火加热,把一个个干如老玉米粒的豆腐烤得发泡,蘸干辣椒粉食之。

实话说,我并不觉得建水烤豆腐有多么好吃,但那个清炒草芽真正惊艳。饭店炒菜,难免油多,但草芽本身味淡质紧,并不吸油,用几片姜炝味,青红甜椒搭色,突出草芽的清爽。

那草芽吃上去有芬芳的草木清气,无丝毫纤维感,切成寸半的节,一段段白白胖胖,看不出是植物的茎,倒像是超市里卖的圆滚滚的棉花糖,雪白粉嫩。各种蔬菜的嫩芯嫩茎我也算吃得多了,安吉的冬笋、无锡的茭白、溧阳的白芹、洪湖的藕带等等,以冬笋之鲜、茭白之软、白芹之嫩、藕带之脆,仍然可以看见植株本身的纤维,但建水的草芽却如玉似脂,丰润肥腴,清鲜之极。

蒲芽入馔很早,可以追溯到中华文明创建之初。在上古三代的周朝,《周礼》谓之蒲菹。《左传》上记载,鲁僖公三十年,周襄王派遣周公阅来鲁国问政,僖公宴请周公阅的食物有蒲菹、白米糕、黑黍糕和虎形块盐。周公阅推辞说:"拥有文治武功的国家君主才配用各种高档物品来宴请,以象征他的德行,我怎么当得起这个?"

据说周文王很喜欢吃蒲菹，周公阅拘于身份，不敢逾制，拒不吃僖公提供的蒲菹。他不吃就对了，就算是周文王，喜欢吃个蒲菹，也老被议论呢。韩非子就说："屈到嗜芰，文王嗜菖蒲菹，非正味也。而二贤尚之，所味不必美。"菱角和蒲菹都不是什么美味至极的食物，但圣贤之人喜欢，可见口味是很私人的感受。

不过当时周王室的御膳房挺待见蒲菜的，《诗经·大雅·韩奕》篇也讲韩侯吃过周天子的蒲菜。诗里说韩侯进宫拜见了周宣王，很得意，回来就向人讲述他在宴席上吃了什么："清酒百壶"，美酒管够；大菜有"炰鳖鲜鱼"；蔬菜是"维笋及蒲"。

《齐民要术》是古代一本讲怎么耕作、怎么生活的教科书，书上说了蒲菹怎么做怎么吃：

> 谓蒲始生，取其中心入地者，蒻，大如匕柄，正白，生啖之，甘脆；又煮，以苦酒浸之，如食笋法，大美。

三千年过去了，蒲菜、草芽没有变过，还是这么粗，这么白，这么甘脆，这么好吃。"菹"是腌菜、酱菜。蒲菜生吃虽然甘脆，但做成酸腌菜（"苦酒"即醋）才能长期保存，并且下饭。酸腌菜蒲菹也可以蒸了吃，我相信这个菜很好吃。粤菜的梅菜扣肉、川菜的咸菜烧白、江浙菜里的霉干菜蒸肉，都是形变质不变的蒸菜菹。

不知为什么，这种味道很好的腌蒲菜年深月久，传着传着就成为传说，到宋时已经没有什么人吃。宋朝的苏颂就说"今人罕有食之者"，看来宋朝人吃蒲菜不做成酸腌菜了。但当时还是有蒲菜卖，陆游说他"未尝满箸蒲芽白，先看堆盘鲙缕红"，先吃生鱼片，再吃拌蒲菜。写蒲芽用个"白"字，很显然他吃的蒲菜不是腌菜、酱菜。元朝人吃蒲菜还是凉拌，张伯雨《赠渔樵侣》云"水荇凉味蒲芽白，野饭昼香松菌红"，点明是凉菜。

靠山吃山，靠水吃水。生活在水边，总有蒲菜可吃，须知香蒲这种植物遍生中国，哪里都有。王世襄先生说他下放五七干校劳动那会儿，还做过一回"糟熘鳜鱼白加蒲菜"：

> 蒲菜就是湖里头拿的，喂牛的，叫茭白草，挖一大捆，剥出嫩芯就成为蒲菜，每根两寸来长，比济南大明湖产的毫不逊色。香糟酒是我从北京带去的。三者合一，做成后鱼白柔软鲜美，腴而不腻，蒲菜脆嫩清香，加上香糟，奇妙无比。

——蒲菜又叫野茭白，文中说"剥出嫩芯就成为蒲菜"，那就是假茎蒲菜，而不是白蒻草芽；每根两寸来长，这与我见的云南草芽有一尺余长、六七节也不同。

不论是蒲菜还是草芽，清炒、凉拌均可。辽宁盘锦滩涂边的做法是新鲜采下的烧肉，晒干后泡发同样可以做红烧肉；江苏的做法是新鲜的蒲菜切碎了涨蛋——就是摊张大蛋饼，或用干虾米加汤烩，做成淮扬名菜金钩蒲菜。

如果买得多，可以尝试一下用酒和醋加盐来腌，做成古早味的蒲菹，想来会很有意思。

金盐煮石，文章作酒

北回归线穿过普洱境内的墨江县。11月深秋的时候，普洱的感觉还是夏天。路边盛开的花树是鲜艳的火烧花树，绿化隔离带里种的是姜花和小米辣。每一处都在告诉我，这里是亚热带。空气热烘烘的，穿T恤已足够，但不妨碍本地人穿上冬衣。在往普洱老街去的路上，我看见有两个女孩子坐在店铺门口的小桌子上吃饭，一个女孩穿短袖麻纱蕾丝白衬衫，对面的女孩穿大红呢子外套，过冬的过冬，过夏的过夏，奇异又和谐。

普洱老街是真的老街，不是打造出来的商业街，老屋顶上长着瓦松，开着花。有的房子老得快要倒了，因为有人住，又支撑着立在那里，也不知能坚持到几时。推土机随时会造访，下回有人想趁赶路的空隙来看一眼,可能就不存在了。

老街是个露天菜市场,在这里能见到不少平时少见的菜蔬,有草芽,有刺五加。我在植物园里见过长成了小灌木、藤蔓攀缘、开着花、结着果的刺五加,猛一下见到全是嫩叶的刺五加,竟有些不认识。菜摊上的刺五加有青紫两种颜色,我问何故,卖菜的老人很有学问,他说青色的是本地刺五加,紫色的是墨江刺五加。

这等异物,遇上就不能错过。晚上,找了一家饭店吃晚饭,我便点了一盘清炒刺五加,又依店主的推荐点了酸辣罗非鱼汤。清炒刺五加味苦有清香,我吃了许多。

刺五加看上去全是刺,吃在嘴里倒不扎,和吃香椿头、花椒芽的口感类似,只是清苦味更浓,回味略有甘甜。若是吃不惯苦瓜的苦,那么刺五加也就不要试了;要是喜欢苦味的菜,刺五加值得一尝。在云南南部,每个村镇、每个坝子、每家餐厅的菜单上,都能看到刺五加。除了清炒,还有油炒、辣椒炒、鸡蛋炒,更多的是凉拌。云南南部地区炎热,多吃苦味的菜,有解暑清热之效。

在版纳的几天,去傣族人家吃傣味,每餐必有水煮刺五加,配蘸水调料。凉拌傣语叫撒撇,蘸料叫喃咪。按蘸水不同,有鸡撒撇、牛撒撇、柠檬撒撇等。鸡撒撇是加了熟鸡脯肉的凉拌刺五加;牛撒撇要考究得多,牛肚、牛腰肉、内脏等煮熟切片,加上各种调味料,拌上苦肠汁和刺五加;柠檬撒撇以柠檬调味,突出的是酸。

多吃几回吃上了瘾,回到上海后看见菜市场里的萝卜、白菜、番茄、荷兰豆、莴笋、青椒这些吃了几十年毫无特色的菜,更加想念版纳的乡野风味。想念鸡汤米线里的土薄荷香,清炒刺五加的苦中回甜,芭蕉芯炒肉的脆嫩甘爽,苦笋蘸喃咪的酸味长远;想念那里的艳丽花朵和蓝天、清晨的薄雾、午后的烈日、山谷间的焚风。

刺五加为灌木，茎节上通常密生小刺，常见于东北和华北的山里，嫩叶可食，云南作为蔬菜栽培，根皮可代五加皮，种子可榨油，制肥皂用。

想起刺五加,几乎要去中药店买点五加皮来自己泡酒了。以前上海市面上卖的药酒,五加皮是第一位的,这些年不知怎么就消失了,超市南货店都不见踪影,成了一件疑案。

很多年前,上海电视台拍过一部电视剧,叫《小绍兴传奇》,讲上海有名的吃白斩三黄鸡的饭店"小绍兴"老板的发家史。他早年挎着一个小竹篮走街串巷卖卖鸡头鸡脚五加皮,后来才摆了一个两张桌子的小饭摊做起生意。在电视剧的头两集里老是听他吆喝"鸡头、鸡脚、五加皮——",就问家里的老人五加皮是什么。我以为是和鸡头鸡脚一样的鸡什件,但五加皮这个名字听上去不怎么像鸡什件,倒和鸡胗皮有点像。鸡胗皮就是鸡内金,以前有小贩来弄堂里收了卖到中药店去,也是拉着长长的声音吆喝:"鸡胗皮——甲鱼壳——"大人说五加皮是用五加树的树皮泡的酒,喝了可以治风湿。哦,原来如此,吃着鸡头鸡脚,确实来杯老酒搭搭更乐胃呀,这小老板会做生意。

后来读《花镜》,看到了五加:"文章草一名五加……"书中对五加的介绍很简单,但文章草这个名字让人印象深刻。再翻别的书,说五加春天时在老枝上抽条发芽长新叶,山人采为蔬;四月开花,五月结子,六月子从白色转为黑色,到八月经霜,果子红紫相间,五色斑斓,文采陆离,因此又名文章草;十月采根,造酒最良。《巴蜀异物志》说:"文章作酒,能成其味。以金买草,不言其贵。"

当然不言其贵。五加除了可以泡酒,还有更大的用处——如果真能办到的话。传说五加可以煮石。煮石头干啥?服食呀,不是有"五石散"吗?魏晋时候的名士最流行的就是服食五石散。五石是丹砂、雄黄、白矾、曾青、慈石,吃下去不消化,全身发热,就要敞胸露怀,披衣散发,劲步疾走,满世界溜达。魏晋名士给人一种放荡不羁的感觉,就是这么来的——有时候是故意装出来的潇洒,有时候是控制不住需要"发功"。

刺五加

肠胃克化不动，便需要找别的东西来帮助软化，五加有这个功能。

用五加皮煮石，这个方子连梁孝元帝萧绎都试过，他说：

> 用紫芝煮石，石美如芋，食之可更调和五味，下橘皮葱豉，名山之下生葱韭者，是古人食石种也。故语曰："宁得一把五加，不用金玉满车；宁得一片地榆，不用明月宝珠。"五加一名金盐，地榆一名玉豉，唯此二物，可以煮石。
>
> ——《金楼子·志怪》

刺五加洗净焯水,红辣椒放火上烧焦,搽去黑皮,捣碎,加油、盐、醋拌匀即可。

凉拌刺五加

煮个石头,调料不少,金盐玉豉,橘皮葱韭。如果所煮之石真的是芋头,滋味想来不坏。

《神雕侠侣》里有个细节十分有趣。林朝英在石碑上用手指刻字赢得了活死人墓。王重阳百思不得其解,后来黄药师来访,他向东邪求教,黄药师大笑而去。过了一个月,黄药师又来了,同样是用手掌在石碑上摩挲了一会儿,伸出手指,写起字来——原来他用了化石丹。

如果世上真有化石丹,那么金盐玉豉肯定是配方之一。黄药师知道化石之法不奇怪,他本来就慕魏晋之风,没准在桃花岛上试验过金盐玉豉煮石法呢。

别说,还真有人试验过。清初,明末遗臣顾景星著《野菜赞》中就写道:"道家名金盐母,与地榆同煮,化石如羹,试之不验。"我看到这里就哈哈大笑,终于有人试过并承认此法不通了。顾景星是曹寅的亲舅舅,顾家小妹在顺治入关时被清兵掳走,后被曹玺买下为妾,生下曹寅。顾景星在江南文人里很有号召力,康熙己未举鸿词科,他称病不就,人称"顾野王"。这个名号,和《倚天屠龙记》里那个称霸江南的天鹰教教主白眉鹰王殷天正的儿子殷野王是不是很像?没准金庸写到这里，随手就把顾野王的名号给了张无忌的舅舅。"顾盼何曾因误曲，殷勤终是感知音"，"顾"盼和"殷"勤是可以对仗的词组——读书讲究个融会贯通，我就挺能融会贯通的。

五加在全国均有分布，凡山野处皆生，各地都有采食。除云南外，东北是另一大食刺五加的地方。一方水土一方吃法，东北的刺五加做法有炒蛋、摊饼，还有裹上面糊软炸的、焯水切碎和馅包饺子的。西北则在夏天采刺五加叶晒干，温水泡发后，可凉拌，可做馅，可煮粥；也可代茶饮，色青碧，清咽喉，清目止渴，香气醇厚，回味甜润。

清人有诗曰："野水滩头长荻芽，池塘处处起鸣蛙。一春多雨占三白，二月无茶摘五加。"二月春初归，乍暖还寒，明前龙井、雨前碧螺还未上市，家中若是无茶，怎么过得三日风雨两日晴的料峭晨昏？这个时候，就去采嫩嫩的五加叶代茶吧。既然"文章作酒，能成其味。以金买草，不言其贵"，那么同样，五加代茶，味亦绝美，清香特甚，不言其苦也。

茶叶茶和茶泡饭

春节长假没有出去玩,在家闲得无聊,做美食以自娱。还自设门槛,提高难度,搞了个主题,以茶叶入馔,看能做出什么花样来。有了主题就好办,围绕着主题做文章就是了。我爱喝茶,除了囤各种茶叶,就是囤各种茶器。每回出去旅游,都要买点当地的茶品尝一下,看能喝得惯不。

每年春天去杭州龙井村买狮峰龙井茶自不必提,回老家溧阳必买溧阳白茶,去庐山买云雾茶,峨眉山买峨眉山雪芽,都江堰买青城山茶,丽江拉市海买松萝茶,泾县买炒青,宣城买祁门红茶,武夷山买岩茶和大红袍,南靖买乌龙茶,安溪买铁观音……一次,我在大理喜州买当地白族老农晒的滇绿,只要18元一斤,茶是陈茶,颜色暗绿,滋味居然不坏。我出门不带茶叶,走到一处买一处的茶,用当地的水品尝当地的茶,滋

味无穷。

　　茶是春茶香，买茶都在春天，从春到夏再过了秋天，喝到春节时已剩得不多。先翻看一下家里有什么茶，才能依茶叶的品种决定做什么菜。找了一下，有龙井、乌龙、普洱、红茶，还有做西点没用完剩下的抹茶，那么就做这五样。

　　凡出茶叶的地方都有用当地茶叶做的菜，这个不用动脑筋想，照着做就是了。龙井茶，自然是龙井虾仁，杭帮菜里的名菜；乌龙茶就用鸡来配，做一道游龙戏凤；普洱茶是沱茶团子，用来上色，熏个樟茶鸭子；红茶是英国人最喜欢的，就烤个蛋糕，好吃下午茶；最后的抹茶，那是日本人的风格，以前买来是做抹茶卷的，这回改一下，做饼干。这样一安排，每种茶叶都有了菜式去配。

　　旧时过年，戏班子过了腊月二十三，就把放头面、旗靠、花帔、彩鞋等戏服的戏箱子用写了"封箱大吉"的封条封上,回家过年去了,这最后一天的戏叫封箱戏;到了正月初一,打开衣箱,要唱开箱戏。

第一天的戏都是吉祥戏码,讲究的是热闹、团圆、喜庆,少不了的是《龙凤呈祥》这一出大团圆戏。这戏讲刘备过江招亲,在洞房门口见了郡主孙尚香的侍女们拿着刀剑旗枪摆下的脂粉阵,吓得对护驾而来的赵云说"你保孤王入洞房",却被赵云拒绝了;还有那《游龙戏凤》,讲正德皇帝微服私游,到了梅龙镇调戏酒家女李凤姐,一朵海棠花做了媒介。

连皇帝都在戏台上娱乐大家,又是害怕进洞房,又是调情又是勾搭的,从恋爱到结婚到洞房都让人看全乎了。皇宫那点故事,就是让普通百姓看着取乐的,能戏耍一下皇帝,也就过年了,观众自然大大地满足。

"游龙戏凤"也好,"龙凤呈祥"也罢,做起来一点不难。龙是乌龙茶,凤是小雏鸡。选一只童子鸡,入开水锅里加姜片、葱结煮10分钟,关火盖上盖,再焖10分钟,取出。泡一大壶浓浓酽酽的乌龙茶,滤出茶汤来,放一点点糖、几大勺盐,调好咸淡,把煮好的鸡放进去浸泡4~5个小时,取出斩件,摆盘上桌。这道凉菜就是"游龙戏凤"了,配正月初一的团圆饭,是先安桌的冷盘凉碟,意境恰好,嗅之有乌龙茶香。

年初二这天,出嫁的女儿要回娘家。旧时婚姻,父母商议,媒妁作凭,看好了人家,男方去女家下聘,叫作下茶。所谓"三茶六礼",便是说的这个。因此在初二回娘家这天做一道龙井虾仁,也很合适。

茶叶入馔,最有名的便是这道龙井虾仁了。这是杭帮菜,据传发明这道菜的厨子是从苏轼的"且将新火试新茶,诗酒趁年华"中受到的启发。我对这个说法有点怀疑,新火新茶,没说虾仁呀。宋代喝的茶是团茶,要加香料,和现在的龙井茶差别很大。用龙井入馔,不过是取一点清香,用清秀碧绿的茶叶,点缀粉红雪白的虾仁，这和炒虾仁配青豆粒是一个意思。

泡一杯龙井茶，先喝掉大半杯，享受一下，剩下的茶汤和茶叶炒菜用。虾仁码味上浆，放冰箱里冷藏半个小时，这样炒出的虾仁不掉浆。虾仁先滑油，捞出沥干。再爆香葱段、姜片，捞出不要，下虾仁和泡开的龙井茶叶翻匀，装盘即可。茶叶下锅不可久煮，久则色黄叶烂，清香不再。

年初三走亲戚，少不了要带点各地土产为手信，不能空着手去。四川有道名菜樟茶鸭子就很拿得出手。蜀地潮湿，常年云遮雾绕，湿气重，冬月里做好的腊肉、香肠、板鸭等物，为免受潮生霉，要用松枝、柏叶、橘皮、花生壳、砻糠等物生烟熏炙，一来加速去除表面湿气，二来增香。樟茶鸭子中的"樟茶"二字，乃是指用樟树叶和普洱茶为主料来熏制。

在家里做，没这么多趁手的原料，删繁就简，用月桂叶、普洱茶、红糖和大米。月桂叶就是卤菜炖汤时常用的香叶。月桂虽名字里有"桂"，却是樟科植物，用月桂叶来代替樟树叶，是再对不过的了。香叶取香气，普洱取茶味，红糖增湿，大米生烟，各有用处。家里没有熏炉，可改用烤箱，没有烤箱的，还可以用一口旧铁锅代替，在锅底下铺一张锡纸，放上发烟物，一样可以熏。

做法也简单，鸭子先用调味料腌上8个小时或过夜，充分入味。烧一锅水，腌好的鸭子烫一下，一来去血沫，二来去腥，三来紧皮。烫过的鸭子抹干水分，放进烤箱。烤箱用下火，预热至150℃，把香叶、普洱茶、红糖和大米放进烤盘里，搁在最底层，腌制好的鸭子放在烤架上，低温熏上20分钟，颜色就非常好看了。熏好的鸭子上笼蒸熟，取出切块做冷盘，有浓郁的烟熏香味。樟茶鸭子一向受川人的喜欢，有熏制过的烟火茶香，无鸭子常有的臊气和肥腻。经过这一系列的腌、烫、熏、蒸之后，鸭皮下的脂肪被分解掉不少，适合冷食。

冷菜热炒吃过，席终，该上甜点了。前面几天已经吃多了油厚之菜，这时要

红茶慕斯蛋糕

烤一片红茶海绵蛋糕，放入蛋糕模中分装。3个红茶包用一杯开水冲泡。200克鲜奶油加100克白砂糖打至七分发。20克明胶融化，稍凉后拌入打发的奶油中，倒在蛋糕模上，震出气泡，放入冰箱冷藏过夜。脱模后撒上椰丝装饰。

考虑的是清淡。红茶醇厚绵长，正好化掉西式点心里奶油的甜腻。下午三点喝下午茶，配一角红茶蛋糕，再惬意不过了。

我国有名的红茶很多，祁红、滇红、正山小种等等，但这些红茶都是一根一根茶叶的模样，要做西点，立顿茶包里磨得细细的红茶末更合用。当年苏格兰格拉斯哥的穷小子汤姆斯·立顿把高档的红茶做成大众消费品，让这个品牌成为世界第一茶饮料，各超市都有售。

英国人嗜好喝茶，下午茶时分是精美茶具最好的展示场所。银盘子端来描金茶壶，手绘的杯子加细瓷的碟，还有银质的茶滤和茶匙，一样一样，依次在女主人的手里摆弄着，拿起又放下，精美绝伦，没有比这更好的秀场了。即使是在时世艰难的战争年代，优雅的下午茶社交仍然不曾停顿过。赴约的女士哪怕是需要自己携带茶包，也会在进门时悄悄交给应门的仆人。仆人冲好一壶滚烫的热茶，放在银盘子里端出来，再由女主人仪态万方地把茶倒进客人的杯子里，大家心照不宣地品茶聊天。有什么大事呢，先喝一杯好茶吧。

做红茶慕斯和做别的慕斯蛋糕一样，要先烤一片海绵蛋糕作底，为了突出红

龙井茶

抹茶饼干

茶风味，可以在面糊里加立顿红茶包里的红茶粉末。做慕斯部分也和别的慕斯一样，只需把熬明胶的水换成泡好的红茶就可以了。搅拌好的红茶奶油慕斯倒在红茶海绵蛋糕底上，入模，冷藏，脱模，装饰，红茶慕斯蛋糕就完成了。这个蛋糕有浓郁的红茶味，配一杯滚烫的红茶，不用加奶加糖就足够美味了。

最后一天做抹茶饼干。抹茶原是我国的饮茶之法，唐宋时盛行，喝法很是琐碎：先把团茶上的膏油刮去，再用纸包了捶碎，取少许碎茶放在一只舟形的茶碾上，用一只轮子细细碾磨，把茶彻底碾成粉末再过筛，这时的茶才是可以吃的茶。碾好茶末再进行下一步，先把茶盏用沸水烫一下，撮进一勺茶末，注入热汤，把茶末调成膏状，再注水，边注水边用茶筅击扫碗盏，回环捣扫之后，茶盏上会有乳沫浮起，停在盏沿上。吃茶的人先不吃茶，而是欣赏一下这茶乳花，"碧云引风吹不断，白花浮光凝碗面"。这叫点茶，也确实是"吃茶"——把茶叶吃到肚子里去。

唐宋人吃茶，可比英国人喝红茶烦琐讲究。明以后散茶兴起，团茶退出舞台，也是因为那个过程太啰唆。而东邻在学去后又加入禅的意境，成为茶道，在仪式化方面再上一个台阶，茶禅一味，玄妙高深。日本制抹茶，比唐人改进了不少，是在石制小茶磨上磨出来的，产出量比舟形茶碾多多了。

做抹茶饼干和做其他饼干一样，黄油加糖打发，加入鸡蛋拌匀，筛入面粉、泡打粉和抹茶粉拌匀，用饼干模子塑形，放入烤箱烤熟，取出放凉即成。抹茶味苦，喜欢吃甜饼干的可适当加糖，怕热量摄入太高的就不必了。饼干一物，看上去不大，热量高得吓人。

实际上茶叶入馔很少，这些真的也就是做着玩。要说吃得多的，恐怕要数茶泡饭了。夏天没有胃口，热饭加冷茶一淘，冷饭加热茶一拌，就是一顿。茶水泡过的饭，一粒粒清爽滑顺，易入喉，没有黏糊糊的感觉。在夏天看什么都腻烦的时候，只有它是讨人喜欢的。

江南人喜食茶饭茶粥有年头了，唐杨晔《膳夫经手录》说"茶，古不闻食之，近晋宋以降，吴人采其叶煮，是为茗粥"。也就是说，吴人采茶煮粥，是南北朝以后的事了。那时的茶，怕还是粗茶大叶子呢，只有茶之味，没有茶之意。唐宋以后加在茶上的种种意境和说法，那些玄之又玄、道不可道的东西，就如同团茶上的油膏和香料，都是时间多到没处用的闲散之极的人搞出来的花样。唐人诗中云"山童隔竹敲茶臼"，显然当时的茶是放在石臼里舂成粉末再加姜、盐煮的。湖南有些地方的擂茶与此相似，茶里除了要搁姜、盐，还要加芝麻和米，一起放在石臼里，用擂棍捣为末，吃时用开水冲泡，佐茶的茶点有各种炒豆和炒米、油炸的锅巴、泡菜和腌菾头。那么，这也是真正吃茶叶的了。

茶之饮，最早见于三国，吴国史官韦曜不能饮，孙皓赐茶荈以当酒，"以茶代酒"这个典故就是从这里来的。古时之茶，曰煮，曰烹，曰煎，加各种佐料，晚唐薛能有茶诗道："盐损添常诫，姜宜着更夸。"他们吃茶，加盐和姜，但也觉得这样煮出的茶味道不美，苏东坡更是嫌这种吃茶方法不对：有人寄给他新茶，还没等他品尝，就"老妻稚子不知爱，一半已入姜盐煎"，肉痛死了老苏。

宋人吃茶，团茶、散叶并存了一段时间。文献上载，茗有片有散，片者即龙团旧法，散者则不蒸而干之。南渡之后，茶渐以不蒸为贵。团茶多用名贵香料拌和，再蒸成饼以便保存，这继承的是唐人造茶法；揉青焙叶，起始于宋宣仁太后下诏免龙团而进叶茶，是芽茶之始。

由于里面加的东西太多，茶已经不是本来面目，有斗茶之风，无煮饭之理。明以后茶叶返璞归真，恢复了清苦之味，这才有了茶泡饭的重见天日。《浮生六记》里，芸娘每日饭必用茶泡，下饭的不过是芥卤和腐乳。不过我怀疑芸娘吃的茶泡饭，有可能是开水泡饭。江南人说茶，未必就是茶，通常情况下是指白开水。我们日常管白开水叫茶，茶叫茶叶茶。家里人要是谁说"没胃口，倒点茶，泡饭吃"，这时说的茶，就是白开水。

管白开水叫茶，延续的可能是宋风。两宋时，茶成为平民食品，常人都买得起。人们日常生活中普遍饮茶，进而把饮用的水也称为茶。宋时的茶还是粉末冲水，茶盏里并无条索状的茶叶，到明清后出现了把茶叶直接冲泡的饮茶方式，茶中见茶叶，因此要用"茶叶茶"来命名。民间语言沿袭之久远，常突破想象的藩篱，出乎已往的认知。

贾宝玉吃的那碗茶泡饭倒有可能真是茶泡饭，《红楼梦》第四十九回里，宝玉因为要和姐妹们一起烤鹿肉作白雪诗联句，顾不得坐下来慢条斯理地吃饭，而是用茶泡了一碗饭，就着野鸡瓜齑忙忙地咽完了。只有吃过茶泡饭的人才知道茶泡饭是多么适合吞食，用白开水泡或用热汤泡都没这个效果。这是因为茶汤清香中带有苦味，米饭因为富含淀粉质而有丝回甜，这丝甜味被茶汤中的苦味巧妙地中和了，得到的是纯粹的甘滑，这也就是茶泡饭为什么好吃的原因。

日本电视剧《深夜食堂》在每一集都会讲一道日式小食。脸上有一道刀疤的老板沉默寡言，淡定深沉，像经历过许多事情的江湖客，过尽千帆之后，选择一个小店来隐居。

深夜以后，也不知为什么会有那么多人不睡觉，游荡在夜的停滞里，在社会的畸零角落，过着孤独的生活。刮风的时候，想家的时候，想念亲人的时候，想起过去恋人的时候，就去这样的深夜小店，点上一个餐牌上没有，却是与过去有关的食物，就着一点点回忆的温暖，吃下去，又可以挨过一天。

有一集里，三个办公室白领女性，年纪老大之后，相亲不遇真命天子，心里依然幻想着激动人心的纯爱，一年又一年蹉跎着青春，只好在深夜下班后或女友的婚礼过后结伴来深夜食堂要一碗茶泡饭，闲聊几句，抱怨两声，继续生活下去。她们嘴里评论着相亲的对象越来越粗鄙，年老者有之，秃顶者有之，一边相着自己的亲，一边破坏着女伴的感情。生活中已无让她们激动的亮点，这深夜一碗茶泡饭，再加上各人喜欢的梅干、鳕鱼子、鲑鱼，像是她们对自己的一份怜惜。

日本做茶泡饭的茶是煎茶，不是粉状的抹茶。煎茶类似我们的绿茶，饮用的方法也是冲泡，茶味清淡，略有些茶叶的苦味，更多的是茶香。用煎茶的茶汤泡米饭，和我们的茶泡饭几无二致。有区别的，不过是他们把梅子一类的渍物放在饭上一同用茶泡，我们则是把腐乳、酱瓜、咸鸭蛋等放在一边。

"槎枒大饼实肠胃，盐酪不美茶叶粗。"不管茶叶粗细，泡出茶来一样有茶的风味。有这样一碗茶泡饭，便可过得如同闹剧般的无奈人生。

莼菜的出世和出仕

国人好吃，每自封吃客，现在又兴"自黑"，改称吃货。虽是戏谑，不免寒碜。吃得丰盛，酒池肉林；吃得土豪，朱门酒肉臭；吃得马虎，是叫花子吃死蟹，只只好；吃得仔细，又被说相声的埋汰说火车上有上海人一只蟹从上海吃到了北京。香港在九十年代全盛时期被形容为燕窝滚粥鱼翅捞饭，背一个不环保的骂名；如今一到冬天，从南到北各地餐厅里不是烤全羊就是涮羊肉，草原作家痛心地说，冬牧场和夏牧场不堪重负，少吃点羊吧。

吃多了吃好了被人诟病，吃少了吃不起被人讥笑，左也不好右也不对。唯有说到秋风起时起莼鲈之思就没啥可说的了，不但不被骂一副馋痨相，还会被夸赞识时务，有远见，眼光好；不同流合污，不趋炎附势，

莼菜,多年生水生草本植物,叶椭圆形,花直径1.2厘米,暗紫色,生在池塘、河湖或沼泽,富胶质,嫩茎叶作蔬菜食用。

洁身自好,人品端方,志向高远。

这所有的美誉都源自晋朝一个叫张翰的吃客。张翰,字季鹰,苏州人,汉朝开国功臣留侯张良之裔,三国孙吴大鸿胪张俨之子。时晋武帝司马炎的儿子惠帝司马衷在位,齐王司马冏大权在握,征召张翰为大司马东曹掾。张翰没干多久,秋天到了。秋风一起,他犯了思乡病。

思乡很多时候都反映在思念家乡的美食上,张翰这会子想的是苏州的莼菜羹和鲈鱼汤,想想就愀然不乐,说:"名利爵禄就这么重要,让我吃不到莼菜羹和鲈鱼汤?"又对朋友说:"天下纷乱,祸难不断。到名倾天下之时,再想退身就难了。"于是,他抑制不住返乡的急切之心,坐上船没向领导打招呼就回家去了。没过多久,晋室爆发"八司马之乱",官吏多有牵涉,张翰及时脱身,在江南苏州安然终老。从那以后,"莼鲈之思"就成了一句成语,代表的不单是思乡,还是归隐山林的隐逸思想。

中国古代的文人士大夫,一直为两件事苦恼,一是修身齐家治国平天下,一是退隐山林不问世事。出世还是出仕,两者的平衡很难做到。就算以诸葛亮之智,躬耕南阳之时,咏的是《梁父吟》,怀的也是管仲志。后来五丈原秋风灯灭,为了报先帝之恩,累得一饭三吐哺。这时候想起春卧草堂、白昼日迟的那份满足,不知有没有后悔过。然而,空有一身本事不去施展,是更大的折磨,时时考验人的心性和意志。像张翰这样一有眼光能见时事不稳,二有行动当机立断说走就走的,实在是少。很多人为名爵所羁,最后下场很惨。张翰不愧是张良的后代。张良功成身退,无鸟尽弓藏之虞;张翰审时度势,名节俱保。

因为得到张翰这样的高人逸士的看重,莼菜的名声一直很清高。就像陶渊明之于菊,"一从陶令评章后,千古高风说到今",莼菜也是一样,自从季鹰忆莼鲈,秀野桥下舟塞断。

与松江府秀野桥的四鳃鲈鱼一度绝迹的命运相比,莼菜的际遇要好太多。江南、江西、湖广、四川都产莼菜,其差别也就是产地出不出名而已。杭州西湖的莼菜最有名,游客到杭州,都会在饭店餐厅点一碗莼菜汤。有人尝了不喜欢,说"但笑俗肠无雅嗜,食单删却水晶羹"。

莼菜生长在湖塘河湾里,我们吃的是它春天新长的嫩叶。莼菜的嫩叶和茎上富含胶汁,半透明像鱼冻,采摘的时候滑不留手,吃起来冷冷凉凉,滑腻清爽,一抿就烂,入口即化,有"水晶羹"之美名。

从水里刚采上来的莼菜做成汤,或者生吃,鲜嫩肥美,有鱼脑蟹膏风味,清盈飘逸处还有过之。它的味道,喜欢的会说是草木的清香,不喜欢的嫌弃有青草气。它本就是水草,此乃其特色。莼菜不易保存,半日而味变,一日而味尽,比荔枝

高汤加火腿丝、鸡丝、笋丁煮开,加盐、胡椒粉调味,倒入莼菜,等汤再次滚开即成。

莼菜羹

还要娇气,能和它相比的,唯东山杨梅、西山枇杷。长途运输不易,是以不产此物的地方少有人能品尝到。张翰为了它不做那劳什子的官,不算冤枉。

但办法也是有的,就看肯花多少金钱和物力去做。据说左宗棠这个湖北人在杭州时喜欢上了西湖莼菜羹,后来任钦差大臣去收复新疆,军旅之中起莼鲈之思(他的莼鲈之思很单纯,就是想吃了,不是想退隐),胡雪岩这个红顶徽商就想了个办法,不远万里从杭州运莼菜给他。那个时候还没罐头食品和保鲜剂一说,胡雪岩用丝绸包裹莼菜,一层白绢一层莼菜,层层包裹,务必让莼菜叶子不受损、黏液不消失。到了军中,厨子取出做菜,仍像新摘的一样。

像胡雪岩这样有钱的人到底少,一般薄有家财的人想吃西湖莼菜,如果隔得不远,可以走水路,莼菜装在罐子里,搁在船舱中,几天也没事。这个法子见汪曾祺的《金冬心》一文:"杭州官员馈赠的程仪殊不丰厚,倒是送了不少花雕和莼菜,坛坛罐罐,装了半船。装莼菜的瓷罐子里多一半是西湖水。"

好在现在保鲜技术和物流都很先进,想尝一下莼菜羹不是个难事,超市就有瓶装的莼菜卖。绿色的玻璃瓶子像啤酒瓶,买回来,启开瓶盖,倒在碗里,一片片浓绿的叶子,两侧内束成卷轴,捏一捏,滑溜溜的。

凡做菜，有味使之出，无味使之入，有涎自成羹，提鲜用蕈笋。莼菜羹也是这个道理。做莼菜羹得有好汤，它本身无甚味道，有的是超滑的口感。先用火腿丝、鸡丝、笋丝、香菌丝、蘑菇片等烩成汤，加莼菜一滚即起。若要做莼菜鲈鱼羹，也简单，把鲈鱼蒸熟，去骨取肉，鱼骨和鱼头熬汤，滤清，加盐调味，莼菜和鲈鱼肉放入汤内煮滚，辅以笋屑和火腿屑提味增鲜。滋味之美，无以复加。

莼菜古称茆，《诗经·鲁颂·泮水》曰："思乐泮水，薄采其茆。"茆又名凫葵。葵者，菜之滑者也。凡是名字带"葵"的菜，大都有这个特点：冬葵、落葵、凫葵、龙葵。我们现在提起"葵"字，第一个想到的是向日葵，但在古代，"葵"是一个统称，许多种得名"葵"字的植物都不甚相干。要么叶大如葵，比如秋葵和向日葵；要么叶滑如葵，比如冬葵、落葵和凫葵。

关于莼羹，另一句有名的广告语来自陆机。《世说新语》写陆机去见太原王济。王济在案前摆了数斛羊酪，指着问陆机："你们江东有什么东西可以比得上？"陆机说："千里莼羹，但未下盐豉耳。"这个王济娶了司马昭的女儿常山公主，权势熏天。《晋书》里记载了王济的一则日常：

> 帝尝幸其宅，供馔甚丰，悉贮琉璃器中。蒸肫甚美，帝问其故，答曰："以人乳蒸之。"帝色甚不平，食未毕而去。

这样一个骄奢到皇帝都看不下去的人，才会这样不客气地发问。

陆机说我们那里千里长湖，万家莼羹，足以和羊酪媲美，这还是没加盐豉的。莼羹对羊酪，口感上比较一致，都是滑溜溜的。

"千里""未下"一说是地名，千里指溧阳千里湖；未下实为末下，就是秣下、金陵。千里湖其名不彰，南京也不以产盐豉闻名。地名之说，未可足信。"千里"

对应"数斛",羊酪虽美,不过数斛,怎敌得江东千里莼羹、家家鱼米。

陆机和张翰是同时代的人,同遇"八司马之乱"。张翰料知世道纷乱、灾祸将至,借口思念松江府的莼菜鲈鱼,挂冠归隐,全身而退;陆机却是名利心重,"莼羹盐豉"之句传诵于世,却身处八司马旋涡之中,抽身不能,最终祸及全族。一进一退,全在一念之间,结局全然不同。想想当初同样是因为一碗莼菜羹而扬名,岂不令后人唏嘘。

李商隐有诗评价他们两人:

> 浪迹江湖白发新,浮云一片是吾身。
> 寒归山观随棋局,暖入汀洲逐钓轮。
> 越桂留烹张翰鲙,蜀姜供煮陆机莼。
> 相逢一笑怜疏放,他日扁舟有故人。

——《赠郑谠处士》

后世有很多热衷仕途的人,说的是江湖归隐,走的是终南捷径,和陆机的先隐居后出仕博名声颇为相似。

陆机最后说的话是"我再也听不到华亭府的鹤鸣声了"。陆机的"鹤唳华亭"和张翰的"鲈归秀野"有一种奇妙的巧合,两个上海松江人都对莼羹情有独钟。因为他们的宣传,莼菜的地位清雅出尘,超脱绝俗,非一般蔬菜可比。

胭脂为菜

春末夏初的时候,我在朝南的窗台上种了一盆落葵。过了一个多星期,待缠绕茎长出来,便折了几枝细竹枝,搭了架子。藤蔓攀缘直上,不多久便爬满了半边窗台,又把窗户上面的遮雨棚厚厚覆盖了一层。盛夏来临的时候,午时阳光灼人眼睛,我在窗下书桌前写文,抬头看一眼窗外,碧绿青翠的落葵藤叶遮挡了大半的日光,有风透过,吹进窗里,隐隐生凉。

有时打字累了,休息一下眼睛,看看窗外架子上的落葵,油绿肥厚的叶子里藏着米粒大小的花,白色,圆圆的像珠子,珠子尖上微微有一点粉红。看一会儿,不由微笑一下,仰仰脖子,埋头继续工作。窗口这半架落葵藤蔓在夏天遮了不少热气,比往年用的遮光帘不知好多少。用了遮光帘的屋子又闷又热,还是自然绿帘透气清凉。

我种落葵本是打算摘了吃的,但天天看着它,一来二去看得熟了,生出不少感情,舍不得了。窗台能有多大,就算把这一幅绿叶窗帘都摘下来,下锅一炒缩成一团,也不知够不够一家人吃。还不如任它爬满整个窗台，筛光漏雨，作花织帘。

落葵是很好种的窗台阳台植物，没什么种花经验的人都可以养好。去菜市场买一把带根的落葵，掐下嫩叶和茎吃了，留下根往土里一插，浇点水就能活，没两天就服了盆，再过几天长出新芽头和藤蔓，搭好架子就是"一帘幽梦"了。

菜市场出售的落葵一般有三种形态：全是叶子的，带叶子、带芽头、带细细弯曲的藤蔓的，还有带叶子、带芽头、带根的。全是叶子的叶子肥厚，一片有手掌那么大；带藤蔓的叶子小藤蔓细；带根的粗叶大根，长有七八寸。煮豆腐汤，选全是叶子的；蒜蓉清炒，带藤蔓的最嫩；带根的可汤可炒，最妙的是可以种。

不论煮汤还是清炒，落葵的口感都是滑滑的，凉凉的，甘甜微酸，滑润有黏液。它有许多名字，以口感取名，有汤菜、滑菜、潺菜、豆腐菜；以叶形取名，有木耳菜、紫角叶、落葵；从植株取名，有藤菜、浮藤菜；从果实取名，有胭脂菜、胡燕脂、染绛子等。名字这么多，可见其栽培之久、分布之广、流传之远。

有一回说起落葵，一个四川朋友说他们当地叫它作软姜菜。川人大多用来下面吃，就是面快好了的时候把它下到锅里焯一下，当配面的蔬菜吃。她小时候经常去摘它的果实玩，捏碎了满手紫红色。

我微微思考了几秒钟，就醒悟了，是染绛菜。落葵的果实可以用来染绛色，所以叫染绛子。其他名字如胭脂菜、胡燕脂，同样由此而来。

有咏落葵诗说它果实的颜色好看："口红藤菜子，不用市胭脂。"《齐民要术》里讲过用落葵子做胭脂的方法，看起来实在难以手工DIY。

> 用白米英粉三分，胡粉一分，不著胡粉，不著人面。和合均调。取落葵子熟蒸，生布绞汁，和粉，日曝令干。若色浅者，更蒸取汁，重染如前法。

落葵，又名胭脂菜、木耳菜、染绛菜、潺菜、紫葵、紫角叶等。一年生缠绕草本植物。茎长可达数米，肉质，绿色或略带紫红色。原产亚洲热带地区。嫩叶常作蔬菜食用。

　　胡粉就是铅粉，英粉里加铅粉，为的是有附着力。这方子看着不难，难的是白米英粉的制作方法。

　　把白米的米芯粗磨一遍，加水澄清，春秋天浸泡一个月，夏天二十日，冬季需要六十天，中间不用换水，等米水发酵变臭；时日到了再淘清，直淘到没有酸气为止；把发酵淘清的米粉再次研磨成浆，沉淀后倒去多余的水，余浆用木棍充分搅拌，盖上盖静置；等水和粉完全分离后，滤去上层清水，用三层布覆盖，上面加粟糠，粟糠上再放灰；等灰吸收潮气变湿，换一层灰；如是者几次，直到完全干透，取出米粉，削去旁边的浮粉和不光洁的粗颗粒，留下的部分细腻雪白有光泽，这就叫英粉，或粉英；在天气晴好的日子，打开布晒粉，直至粉干，再用手搓散即可。

英粉是一切粉的基础粉，加香料即为香粉，加落葵子即为紫粉。

流传下来的宫廷美容秘方 "赵婕妤秘丹"里用到落葵子：

> 令颜色如芙蓉，落葵子不拘多少，洗净蒸熟，烈日中晒干，去皮，取仁细研，蜜调。临卧敷面，次早用桃花汤洗去，光彩宛如初日芙蓉。
>
> ——明·胡文焕《香奁润色》

这个方子还简单些。

落葵子染色不能持久，可做得化妆品，不能染布帛。点唇最佳，所以叫染绛子。

落葵名葵，是因为古人有个习惯——把煮出来滑腻腻的菜叫葵，比如秋葵、冬葵、龙葵、菟葵等，包括落葵。汪曾祺先生在《葵·薤》一文中考证，汉乐府里"采葵持作羹"的葵就是冬葵，也就是冬寒菜，最后又写道："近几年北京忽然卖起一种过去没见过的菜：木耳菜。你可以买一把来，做个汤，尝尝。葵就是那样的味道，滑的。"

落葵的叶子似杏叶，肥浓软滑，羹肉两宜。近年来新引进一种蔬菜叫冰草，叶片上面布满"冰晶"，望之如缀露，是番杏科日中花属植物。看"番杏"两字，便知端的，曰"番"，来自海外；曰"杏"，叶子如杏叶。落葵非中国原产，叶如杏，如果当时就叫它番杏菜，也是很恰当的呢。

落葵是藤蔓植物，有个别名叫藤菜。不过凡有藤的皆可叫藤菜，空心菜也叫藤菜呢。苏东坡先生当初被贬去了广东惠州，在那里吃到了藤菜，写诗说藤菜做汤滑嫩，可以和西湖的莼菜羹媲美。空心菜和莼菜是一点都不像的，那他说的藤菜是什么呢？几百年后，明末广东第一诗人屈大均说，我们惠州的藤菜，又叫落葵，

冬葵，又名葵菜、冬寒菜，一年生草本植物，叶常5~7裂或角裂，基部叶片心形，皱缩扭曲，花小，白色，边缘略带浅紫色。我国早在汉代以前即已栽培供蔬食，现在湖南、四川、江西、贵州、云南等省仍栽培以供蔬食。

蔓叶柔滑，宜以羹鱼，出惠州丰湖者尤美。这样一来，我们就可以确定，子瞻诗里的藤菜，就是落葵。

广东人用落葵和鱼同煮为羹，福建莆田人则用它配一种当地人叫蟳的海蟹。县志里说浮藤菜叶略圆而厚，藤相纠缠，和蟳煮味甚甘滑，俗名蟳菜。青蟹的壳多厚啊，难道是蒸熟取肉，和落葵叶煮羹？落葵叶天生就有滑腻的黏液，煮汤不用勾芡就是羹，想来也不错。

《本草纲目》对落葵的记载最是清晰但也扰人：

> 落葵叶冷滑如葵，故得葵名。……《尔雅》云，蔠葵，蘩露也。一名承露。其叶最能承露，其子垂垂亦如缀露，故得露名。而蔠、落二字相似，疑落字乃蔠字之讹也。……弘景曰：落葵又名承露。

李时珍先说落葵得葵名的原因是冷滑如冬葵；接着说《尔雅》上蔠葵又名繁露，原因是叶能承露，结子亦如露；但他又怀疑落字是蔠之误，这种怀疑又来源于陶弘景。

原来打陶弘景开始，落葵就和蔠葵联系在了一起，落葵又名承露便是从他这里来的。落葵不是蔠葵，是有人把蔠看成了落，便"一落到底"，约定俗成，落葵便又名蔠葵或繁露了。

《尔雅》是上古之书，记录的是中国原有物种，那时的归化植物不多。落葵属有5～6种，俱产热带，中国只有孤零零的一种落葵。单一物种多半不是正源，落葵得名胡燕脂，说明是外来的，据考证有可能来自印度，不可能早到《尔雅》成书之时。

在古时，单字一个"葵"，指的是冬葵，也就是冬寒菜。葵菜入冬后最是肥美，故有此名。年终为冬，在文字产生之前，结绳记事的年代，一年一根绳子，到了冬天，这根绳子就该打个结了，是为终。冬葵和终葵原是一回事，因是草本植物，按古人造字的习惯，加草字头，是为蔠葵。

要是见过或择过冬寒菜，就会知道冬葵为什么叫承露。它的叶脉上有细茸毛，易挂露；叶子和叶柄连接的地方，褶皱深而有棱，微聚如合掌，最易藏污纳垢，也易承露集雨。当地人在择冬寒菜时，留下梗上半寸来长叶基部分不掐，嫌洗不干净，说里面不是泥巴就是粪水，懒得洗，宁可丢了不吃。

"青青园中葵，朝露待日晞。"古人咏的是园中之葵，不是野葵。但不管是野葵还是园葵，都善于承露，都要等待日头升起，阳光照耀在葵叶的凹陷处，蒸发掉里面留存的露水。

锦纹将军夜渡关

一友坐标伦敦。天寒地冻时节，城市像被灰色的画笔浓浓抹过：一管颜料告罄，最后一点费劲挤出，调色盘上老大一坨，便加水稀释，灰墨淋漓，用大号画笔蘸了，从天到地涂上去，画布上灰扑扑一片。这样的灰色世界，光看就要得抑郁症，更别说在这里生活几个月。

久不见阳光的人心情恶劣，唯有美食可治愈。这时的美食须得是浓重的甜、肥美的肉、厚实的脂肪、烂香的膏腴，嗜辣的人还要加上红艳艳的一片麻辣，才拯救得了灰色的心情。星期天的早晨，与床铺和被褥的斗争艰苦卓绝，几番努力，战争胜利，喝上了热咖啡，吃上了烤羊角面包。之后，披上重重的羊毛呢子大衣，穿上毛皮一体的 UGG 靴子，顶着灰扑扑的天空，冒着随时下雨的风险，出门去超市采购羊排、牛肉、猪骨、肥鸡、油鸭等需要炖煮烧烤两三小时才能吃上的肉类食材——只有这些食物，才能安抚受伤的思乡心和受虐的中国胃。

这个时候在超市的水果柜台里看到一把紫红的 Rhubarb（食用大黄），那真是怒从心头起，恶向胆边生。来自岭南的美食达人见了这东西，哭了似的说，英国的冬天是有多缺蔬菜，才会把大黄摆放在水果柜台。看到它腮帮子就丝丝地抽搐，记忆中酸倒牙的感觉引发了条件反射。它的酸不是水果那种让人愉悦的甜酸，带了夏季味道的果香和花香，而是不怀好意的酸，直冲冲气汹汹。它是甘甜清脆的西芹黑化了的角色，从一朵"白莲花"变成了"心机婊"，无可救药。腮帮子排山倒海地分泌酸味唾液，必须赶紧想想焦香的太妃糖和温暖的香草奶油才能挽救这个崩塌的味觉世界。

大黄作为水果陈列在苹果橙子旁边，确实让华人觉得不可思议。它看上去就像紫色的西芹，一根根比拇指还粗，没有叶子没有根，只有布满直长纤维的紫红色的茎。光看其形，还以为是超市理货员放错了地方；再看其名，Rhubarb 译为"食用大黄"，不免愕然，中国的药材几时变成了欧洲的水果？它连果子都不是好吗？它是大黄叶子的叶柄。

大黄为蓼科大黄属植物，这属约有 60 种，我国有 40 种左右，入药只有 3 种——掌叶大黄、唐古特大黄、和药用大黄——用的部位是叶柄和根。中医界有谚"大黄救人无功，人参杀人无过"，是说大黄一物太平贱，不受病人重视。

大黄入药功效卓著，有药中"将军"之美誉。四川产的药用大黄品质上佳，称为"川军"，跟川芎、川贝一样是产地保护植物。生大黄叫"生军"，炮制过的大黄叫"熟军"。大黄根茎在去除掉表皮后，可以看见白色网状纹理，因此又被称"锦纹"或"锦文"。"锦纹将军夜渡关"，是说病人服食大黄后，在睡梦

苞叶大黄,一名水黄,蓼科大黄属草本植物。产西藏东部、四川西部及云南西北部,生于海拔3000～4500米山坡草地,常长在较潮湿处。

中就可以不知不觉清热泻火，凉血解毒，药到病除。

药用大黄的叶片像荷叶或芋叶，为掌形或类三角形。举起一片连着叶柄的叶子，可以遮雨，不比红遍日本和网络的"秋田蕗"差多少。南宋诗人范成大曾在四川做官，任四川制置使，掌本路诸州军事，是个武官。他有一首咏大黄的诗："大芋高荷半亩阴，玉英危缀碧瑶簪。谁知一叶莲花面，中有将军剑戟心。"诗中说的大芋、莲叶，都是指大黄的叶子，将军是大黄的别名；诗写大黄，实则托寄作者本心。

欧洲的食用大黄是药用大黄的栽培品种，根与叶不食，只用其叶柄。在没有水果上市的冬季和初春，各种野莓和树莓还没长成，欧洲人用食用大黄作为各种甜点里的馅料。从俄罗斯到芬兰，从瑞典到英国，它美丽的紫红色出现在各种派、蛋糕、碎酥饼、布丁、酸奶、冰激凌、果酱、果泥、果汁和蔬菜汤里。食用大黄有着酸甜的口感，味道近似于山楂，纤维感十足的叶柄在久煮之后变成凝胶状果冻，非常适合加工为馅。它确实没什么果香味，为了增加进食时的幸福指数，一般会和草莓、树莓、覆盆子等浆果搭配，把颜色和口感都提升到最高境界。

欧洲人有食用大黄的传统，在培育出本地的食用大黄之前，长期从中国进口药用大黄，达十几个世纪之久，比茶叶贸易还要久远。当时人甚至认为欧洲人没有中国的大黄和茶叶就会便秘肚胀而死。有一种说法，鸦片战争也可以被称为大黄战争：英国人为从中国进口大黄和茶叶消耗了太多的白银，贸易逆差不可避免，于是转而向中国倾销鸦片，进而发动战争。

欧洲人食用大黄的历史可以追溯到汉代。自从张骞凿空西域，汉朝政府控制了河西走廊，丝路上的商人便忙碌了起来，从中亚和西亚往东方运香料、宝石、黄金、毛皮、羊毛织物，从中国往波斯运丝绸、瓷器和药物，药物里头就有炮制过的大黄。商队经过小亚细亚到达土耳其，乘船通过博斯普鲁斯海峡进入欧洲。当时的欧洲人便把从土耳其运来的大黄叫作土耳其大黄。宋以后，南方丝绸之路和海上丝绸之路兴起，中国的货物由商船运至马来西亚再运往印度，再从印度进入欧洲，走这条路的大黄被命名为印度大黄。

关于这一点，利玛窦曾有记载："中国的药草丰富，而在别处则只有进口才行。大黄和麝香最初是撒拉逊人从西方带进来的，在传遍整个亚洲以后，又以几乎难以置信的利润出口到欧洲。在这里买一磅大黄只要一角钱，而在欧洲却要花六七倍之多的金块。"利玛窦的同事庞迪在1602年致信西班牙友人时写道，有土耳其人和摩尔人以朝贡的名义来北京，回程时带走了大量的优质大黄。

在中亚食肉民族那里，在可以喝茶解腻补充维生素之前，大黄是他们的主要滋补剂和清肠去火、通便解毒的药物。17~18世纪，俄罗斯人垄断了北线的大黄贸易。1727年，中俄签订《恰克图条约》，恰克图成为中俄贸易市场。后因俄罗斯屡在边境犯事，乾隆三次下令关闭，前后加起来有十五年。这十五年，清廷外禁皮毛进入，内禁茶叶运出，俄罗斯至少损失五百万卢布。当时史学家赵翼评论说：

> 俄罗斯则又以中国之大黄为上药，病者非此不治。……后有数事渝约，上命绝其互市，禁大黄，勿出口，俄罗斯遂惧而不敢生事。今又许其贸易焉。天若生此二物为我朝控驭外夷之具也。

——清·赵翼《檐曝杂记》

1860年后，东印度公司崛起，南线被英国人占领。17世纪以后，几种大黄的种子被带到欧洲。大黄耐寒，极适应欧洲的寒温带气候。苏珊·芮珀的著作《奇货，苏格兰和中国的贸易》一书中记载，苏格兰人约翰·伯罗本是荷兰商人的学徒，跟着商队从圣彼得堡出发到了中国的西北某地；一天，他爬上一个山头，看到大片野生的大黄，挖了很多根茎回去种在圣彼得堡，后来又带回苏格兰——这是爱

大黄

大黄树莓派

烤箱预热至 180 摄氏度。取一个烤盘,把大黄段和树莓放进盘中,覆盖碎酥材料,放进烤箱里,烤 45 分钟即可。

丁堡皇家植物园种植大黄的开始。

大黄变成蔬菜和水果食用要到 18 世纪以后,最早见于记载的年份是 1778 年,是作为馅饼的馅料。从那以后,食用大黄就走上了一条美丽诱人之路。大黄的紫红色叶柄不是一开始就有的,这种美丽的颜色是培育选育的结果。就像荷兰人因为喜欢橙色而培育出了橙色的胡萝卜一样,人们认为紫色的大黄比黄绿色的含糖量高,种植者便培育出了紫红色的大黄。

食用大黄在炖煮过滤之后紫得透明,若使用少量的大黄加大量的水煮成大黄汁,则是粉红色,灌装在玻璃瓶子里,喝时加柠檬汁和冰块。酸甜的口感和美丽的颜色,使其成为春天赏心悦目的饮品,备受人们喜爱。配着遍地盛开的蓝铃花和铃兰,和煦的春风拂过脸颊,就不会觉得这种像紫色的芹菜梗一样的大黄有多么讨厌了。喝一杯大黄汁兑的茶,吃一块大黄树莓派,或者来一杯大黄草莓酸奶,品尝它酸甜的口感,想想大黄之路,遥远又亲切。

这种陌生的不算水果不算蔬菜的药用植物,又返销回了中国。宜家瑞典食品屋里有大黄树莓派的原料卖，一个包装里有两个袋子，一个袋子里装的是切成寸段的大黄和小树莓，一个袋子里装的是面粉、奶油和糖做的碎酥。买回家不用解冻，取一个烤盘，先把大黄和树莓放进盘中，再覆盖碎酥材料，放进烤箱里，225摄氏度的温度烤25分钟取出，便可以吃到酸甜香酥的大黄树莓碎酥派了。

用勺子拨开上层的碎酥，会惊讶大黄的变化。这时的大黄早就没了西芹的外形，化成了果胶，把小粒的红色树莓包裹着，红通通的一片。

三 · 行寻香草

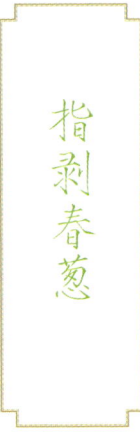

帕米尔高原，上古时名不周山。传说共工争帝失败，怒触不周山，致使天倾西北，地陷东南，造就了中国的地形。到汉时又称葱岭，当时翻越过不周山的人发现山岭上野葱茂密，郁郁苍苍，因有此名。自汉至清，屡有中原的臣民去到那边，见过斯景。康熙年间平定准噶尔，大臣写折子上奏，还说"善塔斯岭上多野葱，盖葱岭"。善塔斯岭是葱岭的旁支，不是主峰，但葱岭之上自古多野葱确是真的。

现在甘肃那边仍产野葱，当地名沙葱，唐朝诗人曹唐有诗云："陇上沙葱叶正齐，腾黄犹自局羸蹄。"腾黄是古书上说的神马。唐朝那时候河西走廊一带沙葱很多呀，多到可以喂马。

马会吃葱，这是我小时候看话本小说《隋唐演义》时知道的。秦琼还在当小吏的时候,去山西潞州出差,失了盘缠,穷得当铜卖马。他的黄骠马吃了街上卖葱老头的一筐大葱,老头儿倒没生气,还给他指了条路子去卖马,就是单雄信的二贤庄。此后风云际会英雄洒泪,演绎出多少豪情故事,都从这一筐大葱开始。

沙葱非常香,常见的做法是切成段炒蛋。我在西宁吃过一盘沙葱炒蛋,一咬之下惊为"天葱",平时吃的小葱在沙葱面前不值一提,其香远胜百倍。野葱也有栽培,香气稍减,但仍比小葱好得多。有一回在云南罗平,吃到一盘野葱炒土豆片,土豆色黄,野葱碧绿;土豆软糯,野葱香辛,回味久远。

中国是食葱之国,葱之用,无远弗届。葱是百搭,任何菜上都可以撒一把葱花点缀其色其香。像上海的阳春面,名字听上去不错,其实就是一碗光面。说起来倒颇有来历:民间谓十月是小阳春,旧时一碗光面售价十个铜板,可算价廉;小职员早起上班,以光面垫饥,美其名为阳春面,既不失体面,也实惠,久之便流传开来。

早期的阳春面"阳春"得很彻底,香葱用油熬香,加水一冲便是面汤。现在的阳春面改用荤素汤底——荤汤是鸡骨鸭架熬,素汤是黄豆芽香菇根煲。汤底之外,加一点猪油提味。猪油被热汤化开,散发出动物脂肪特有的油香。早起出门上班上学肚饥身冷之时,这香味光闻上去就要咽口水。如果一碗阳春面里没有这一勺脂香四溢的猪油,便是假冒伪劣。最后,关键的关键,是要有上面那一把碧绿的葱花来抬色。有了上面这几粒葱花,这碗阳春面才是好的阳春面。这么说起来,阳春面也可以称为葱面,葱油为底,葱花为面。

如果汤底是豚骨熬煮的高汤又不一样了——哪怕是一碗光面,上面只有葱片几粒。日本电影《蒲公英》便讲述了怎么煮好一碗光面的故事。老板娘为了煮好一碗面,下功夫练本领,先是跑步强身——只有一个人打理一间小面店,没体力

火葱,又名香葱、细香葱,植株高30~±厘米。鳞茎外皮红褐色,紫红色、黄红色至黄白色;用鳞茎分株繁殖,野生条件下抽莛开花,花为紫红色;原产亚洲西部,我国南方广泛栽培。

可不行,然后偷师学和面。一切准备就绪,就差一锅高汤了。日式高汤是把昆布放水里煮十五分钟加木鱼花一浸就得,鲜是鲜,谈不上熬字。这样的海带清汤煮豆腐可以,作面条汤底就失之寡淡。只有浓香稠厚的中式高汤才能挂在面条上。汤醇面滑,这才是一碗好面。

中式豚骨高汤要用大量含脂肪的原料进行熬煮,不擅长中式烹饪的人很难知其门道。老板娘到唐人街的中餐馆去学被拒,隔壁店家向她勒索三万日元,扒开

火葱（细香葱）

蒙古韭（沙葱）

板墙一条缝让她看一眼。那中国师傅往齐腰高的汤锅里加入熬汤的原料，猪骨、大捆的大葱、胡萝卜、整只的鸡，炖上七八个钟头才算完美。最终，她的店开了起来，店里只卖两种面：猪肉面、特制春葱面。所谓春葱，连细香葱都不是，就是大葱斜切薄片，捏散成圈，撒在猪骨汤底的光面上，吸引了排成长队的吃面客。老板娘靠这碗春葱面扬眉吐气。

日本市场上销售的大葱，大多数来自中国山东。山东大葱甜、香，连葱叶都好吃，可与青辣椒同炒，出锅时淋少许酱油，色作碧绿，香辣开胃。扬州俗话说"乖乖隆的咚，韭菜炒大葱"，表示惊讶和赞叹，言其厉害。真正用韭菜炒大葱的，只怕不多。这道青椒炒大葱叶，就配得上这句"乖乖隆的咚"。

前些天看日本电视剧《孤独的美食家》，井之头五郎到了台湾宜兰，走进了大葱之乡。当地管大葱叫青葱，建有青葱生活馆，馆前做了卡通青葱人，路边摊有现做的葱油饼。

葱油饼我也喜欢。下午四五点钟，下班或放学，肚子正饿，如果这时路边有个葱油饼摊，我十有八九会去买一个。刚出炉的葱油饼滚烫，要放在手里倒两次才能捧着咬，一口咬下油香四溢、葱香浓郁。有的葱油饼里还有调好味道的肉馅，烘得略焦的瘦肉粒和煎得冒油的肥肉粒让一小团面变得香美如饴，加上葱粒的青鲜辛香，好吃得停不下来。

葱在我国古代是很重要的蔬菜，不只是增香调味这么简单，它预示着一年的开始。新年第一天，要吃春盘，此风甚古，先秦时就有了。庄子曰："春正月，饮酒茹葱，以通五藏也。"这个风俗一直保存到清末，《帝京岁时纪胜》载：

> 新春日献辛盘。虽士庶之家，亦必割鸡豚，炊面饼，而杂以生菜、青韭芽、羊角葱，冲和合菜皮，兼生食水红萝卜，名曰咬春。

很多蔬菜名古今称法不一，难得葱还是葱，一直没变过。

这是故都北平的风俗，在南方的故都南京，则是冬至这天吃葱，《岁华忆语》中说："断葱为寸，与豆腐同煎之，取从容与富余意也。"冬至往后，到了二月，《荆楚岁时记》说："社日，小儿以葱系竹竿，于窗中擉之，曰开聪明，或又加蒜，欲能计算也。"中国文化，惯爱于细节处做文章。

"指剥春葱腕似雪，画桡轻拨蒲根月。"这是唐朝人咏采莲女的诗，形容女孩子手指纤长细嫩，就像刚从葱叶中剥出来的葱管。中国古人形容美女向来都是拟物：面如桃，腮如杏，眼如星，眉如柳，鼻如悬胆，唇如朱樱；指若葱，臂如藕，腰如杨柳，齿如编贝。梁实秋曾经说，你要是不相信真有姜女指如春葱，那是你见识不广。

我见识有限，指如春葱不多见，十指剥春葱倒是常见——我自己就几乎天天

葱油拌面

细香葱择净,切成两寸左右的段,入油锅中炸至葱段中水分干透,略呈黄色,葱香四溢,即成葱油。碗中放入葱油、葱段、酱油,与煮好的面拌匀即成。

葱花蒜蓉蒸扇贝

扇贝洗净,去除黑膜和生殖腺,粉丝泡软,垫在扇贝壳上,上放扇贝肉、蒜蓉、剁椒和剁椒汁,上笼蒸熟,撒上葱花,浇上滚油即成。

剥葱。现在的菜贩也大方,去买菜,多半会附送小葱一把,三五七根,够烧一条鱼了。

小葱在上海菜中用得颇多,像葱㸆鲫鱼、葱油鸡、葱油拌面等都得用到。至于鲁菜里的葱烧海参,就需要山东产的大葱。一般来说常见的食用葱分三种,山东大葱这样的一根就有一斤的大葱是一种,做葱㸆鲫鱼、葱油鸡的小葱(又叫分葱)是一种,还有一种就是前面说的野葱。

前面说的葱㸆鲫鱼,需要用大量的葱。㸆的意思是小火使鱼或肉的汤汁变浓,让菜肴入味。本地都写作"葱烤鲫鱼",也算约定俗成。鲫鱼洗剖干净用盐和醋腌一小时以上,再用油炸至七八分熟;锅里用大量小葱和姜片垫底,把鱼放在葱上;加水没过鱼身,放酱油、黄酒、糖、盐、醋等调味,加盖用小火慢㸆;㸆至汤汁收干,碧绿的葱变成酱黑色的一团,拣去葱姜,整鱼装盘即可。这个菜热吃凉吃均可,凉吃更有味道。鲫鱼本来刺多且小，食之不易。但经过醋浸、酥炸和慢煨，鱼刺基本已经软化，可以嚼嚼咽下。葱煨鲫鱼是作为冷盘上桌的，佐酒甚佳。

这是中餐里大量用葱的菜，我另有一道拿手菜葱烤鸡翅是西式烹饪法，同样需要大量的葱。鸡翅去骨入味，填入拌了黄油的细香葱，用牙签封口，烤熟切厚片摆盘即可。葱烤鸡翅皮焦肉嫩、葱香浓郁。黄油被封在鸡翅里，受热熔化后流进鸡翅的每一道缝隙里。鸡肉被葱香和黄油浸润，鲜嫩无比。切开后，雪白的鸡肉包着翠绿的葱，外面裹着焦黄的皮，又新奇又好看。

这都是中国的葱，不论大葱还是小葱、家葱还是野葱，叶子都长得细长如管。西欧诸国如法国、德国、瑞士等有一种葱，叫熊葱，叶片宽大如铃兰，野生在林下阴湿之地。熊葱味道如韭菜而辛辣味略减，又名德国韭菜、野韭菜。它叶子软嫩，味道清甜，很受欢迎。熊葱每株只长两三片叶子，因此也叫二叶葱。在初春三四月出新叶期间，某些自然保护区允许游客采摘熊葱，但一棵植株只许采一片叶子——因为没有叶片就不能产生光合作用，地下球茎无法得到由此产生的有机物养分，植株就会死去。

当地人吃熊葱，多半是生吃、拌沙拉。中国留学生见到此物，会用各种中式烹饪法加以料理，炒鸡蛋、滑肉片、烧茄子、烩蘑菇，花样百出。一个在瑞士的朋友用新采的熊葱煮在越南超市买的卷粉，加淘宝购得的"蒜香小米辣"调味，硬是在异国他乡吃到了中国的味道，颇有"夜雨剪春韭，新炊间黄粱"之感。

　　我一向有在空闲的时候做手工的爱好，自己做衣裳，做花布背包、帆布书包、旅行包、零钱包、化妆包、手拿包等等。做手工是最轻松的时候，头脑全部放空，不想任何事情。对我来说，这就是休息了。我很少会坐着什么都不干，光坐着看电视在我来说基本不可能，要不找事做，要不找东西吃。为了不吃东西，就只能找事做。在做事的时候，我会习惯性地开着电视。这天，我拿着遥控器换了一轮台，看见CCTV2在播美食节目，便停了下来。

　　主持人是王小丫，嘉宾是阿丘。王小丫一直用话"搓"阿丘，叫他少爷，因为他进了厨房还揣着手，没捋起袖子来帮忙做事。我一看王小丫的架势，就知道她是个厨房高手。

蒜的鳞茎球状至扁球状，通常由肉质、膜状的小鳞茎紧密地排列而成，外面被数层膜质鳞茎外皮。叶条扁平，花常为淡红色。原产亚洲西部或欧洲，我国南北普遍栽培。幼苗、花葶和鳞茎均供蔬食。

王小丫是四川人，这天做的是回锅肉和四川臊子面。除了肉煮得时间太短，其余步骤都很完美。炒回锅肉的配菜，她用的是蒜苗，也叫青蒜，这个就更地道了。冬季的蒜苗最嫩，开春后蒜苗叶子长长，口感便嫌老。再过一阵，蒜苗抽薹，就该吃蒜薹了。

只见她取了一把择洗干净的蒜苗放在砧板上，先用刀面啪啪拍松蒜白，再斜刀切成寸段长的马耳朵形；到了蒜叶部分，改用直刀切断。阿丘看着她切蒜苗的手势，不绝口地表示佩服。这种刀法上的灵活变换，确实只有常下厨的人才会用得这么得心应手。

阿丘看她拍扁蒜白，问为什么这么做，王小丫就说："我们四川人常说：'活葱死蒜苗'。"这句话她是用四川话说的，阿丘表示没听懂。王小丫解释说，四川人说，葱要吃生的，蒜苗一定要炒熟，拍扁了容易入味。我听了这句话先是大笑，后来想，说得太有道理了，蒜苗可不就是炒得软塌塌的好吃吗？"活葱死蒜苗"这句话，我还是头一回听说。

蒜苗是大蒜的地面部分，有着长长的碧青的叶子，好听一点的叫法是青蒜，或青蒜叶。青蒜叶切成末，也可以生吃，像葱花一样的用法。去吃兰州拉面，如果不是挑剔的食客，事先声明不要葱花、香菜，那面前的一碗拉面里一定会有"三青"：青蒜叶、香菜叶、葱花。青蒜增辛，香菜去膻，葱花提香，各有各的用处。

西北的牛肉面要用青蒜叶增加辛香的味道，苏州的红汤面、白汤面同样要用到青蒜叶提升香气。陆文夫《美食家》里写苏州老字号"朱鸿兴"的面，便提到此物："跑堂的稍许一顿，跟着便大声叫喊：'来哉，××面一碗。'那跑堂的为什么要稍许一顿呢，他是在等待你吩咐吃法：硬面，烂面，宽汤，紧汤，拌面；重青（多放蒜叶），免青（不要放蒜叶）……"吃面放蒜叶，看来是传统。因此上海的阳春面用葱油作底葱花作青便是需要重点提及的地方，因为它和苏州面完全是两个

薤头

泡薤头

薤头（薙），原产我国，在长江流域及其以南各省区广泛栽培。鳞茎狭卵状，供食用。

体系。

但在四川菜里，青蒜就用得多了，凡是用到郫县豆瓣的菜，都可以用蒜苗作配菜，味道非常搭。这叫"俏头"。"俏"是杂色的意思，宝玉石上会用这个字，叫"俏色"。比如羊脂白玉上有一抹土沁，那就是俏色。凡用郫县豆瓣做的菜，颜色必红亮油重，用青蒜俏色增香，十分有必要。

青蒜叶是蔬菜，大蒜头也是蔬菜。蒜子红烧鱼、红烧鲶鱼是家常名菜。鮰鱼、鲶鱼等无鳞鱼有黏液，红烧自带芡，烧出的汤汁浓稠味重，十分下饭。同样因为是无鳞鱼，鱼腥气较重，用整粒的蒜头来烧，是为了去腥。蒜头烧得软糯入味，比鱼肉还受欢迎。同法还有蒜子烧黄鳝、蒜子啫啫鱼头煲，味道香浓，箸不能停。

除青蒜叶和蒜头外，大蒜可食的部分还有蒜薹。蒜薹香鲜嫩脆，比青蒜更受欢迎。蒜薹吃的时间不长，也就仲春时一个多月，恰好这个时候的黄鳝也肥美，蒜薹烧黄鳝总要吃上几回。这几年黄鳝价格暴涨，指头粗细的便要 50~60 元一斤，大的就更贵了，要 70~80 元。一斤黄鳝去除骨血、肚肠和头尾，也就 6 两左右，烧一回总要买上一斤半两斤才够吃，吃一回蒜薹烧黄鳝要花掉一百多元，渐渐有些吃不起的感觉。除了烧黄鳝，蒜薹炒肉丝也很美味。客家菜里还有酿蒜薹，把

薤白一名小蒜、小根蒜，鳞茎近球状，外皮带黑色，花淡紫色或淡红色，除新疆、青海外，全国各省区均产。鳞茎作蔬菜食用。

薤白

蒜薹切成段，当中竖着划开三刀，撑开就是个中空的"网兜"，往"网兜"中间塞进肉馅，蒸熟或红烧。

　　蒜苗和蒜薹是大蒜的叶子和花茎。大蒜名字里有一个"大"字，是为了和小蒜加以区分。小蒜原产中国，也叫小根蒜或茆蒜，正名叫薤白。除新疆青海，全国哪里都产，多为野生，少数地方栽培作蔬。我在云南的菜市场上见过有卖的，细长的叶子具芳香气息，切碎了可以炒蛋炒肉。薤白极容易和薤搞混，薤是藠头，长江以南和西南各省广泛栽培，吃的是地下部分的鳞茎，盐腌了做咸菜或泡菜吃。"薤上露，何易晞"的薤，是这个薤，不是薤白。

蒜油

蒜去皮，切成末，用大量油炸干脱水，炸至蒜香溢出即可。可长期保存。

大蒜是远方来客，和葡萄、石榴一样，由张骞从西域带回。因为来自胡地，便命名为"葫"，又叫胡蒜。因为中国本来有蒜，胡蒜进来以后，为了方便区别，便管中国的茆蒜叫小蒜，胡蒜叫大蒜。大蒜气味辛辣，很快就取代了小蒜的位置，在厨界大显身手。五代的时候，皇宫中甚至管它叫麝香草。

中国古代很早就有在元日吃五辛盘的风俗，因为人有五脏，所以要吃五辛，以五菜之辛发五脏之气。自从大蒜投靠中华上国，五辛盘中便也有了它的一席之地。从早期的芸薹、椿、韭葱、蒜、阿魏，到中期的大蒜、小蒜、兴渠、慈蒜、苓葱，再到后期的韭、蒜、芸薹、胡荽、薤，"五辛"的内容一直在变。与香椿、阿魏一同出现的蒜估计还是小蒜。

福建有蒜岭驿，在光贤里，上接宏路，下通莆阳。据说山石间多产蒜苗，故有此名。

另一个以蒜为名的山则有名得多。蒜山，在江苏镇江长江边上，与北岸的瓜洲隔江相对。蒜山下有渡口，三国时名蒜山渡，唐代曾名金陵渡，宋以后改叫西津渡，至今蒜山上的西津古渡仍是去镇江必游的名胜古迹。晋室南渡从蒜山渡口上岸，徐敬业、骆宾王兵败逃回镇江藏身在蒜山之下……后人登临一望，见夕阳残照，远望长江滚滚而来，能不颊带惆怅吗？

清初吴梅村有《满江红·蒜山怀古》，词曰："沽酒南徐，听夜雨、江声千尺。记当年、阿童东下，佛狸深入。"蒜山虽然不高，但立于长江南岸，曾见过王濬的楼船东下灭了东吴，也见过拓跋焘军抵瓜步，掳十万扬州人北上，眼前更是清军屠过的扬州城。吴梅村奉旨北上，路过蒜山，心情十分复杂，写此诗时正是"旧垒废，神鸦集。尽沙沉浪洗，断戈残戟"。

从汉朝的胡蒜入华，到后来的蒜山怀古，让人不免唏嘘，真是："人事改，寒云白。"

　　香菜一物,年年荣登不受欢迎食物排行榜前三甲之位,和甜咸汤圆、鲜肉粽子、吃豆腐脑放糖还是加卤等一起成为嗜好差异的代表性话题,年年讨论,没完没了。喜欢的是真喜欢,厌恶的也是真厌恶。

　　白领上班时,午餐是一大问题,要么自己带饭,要么在外面对付一顿。我有时便在兰州拉面店解决,在店里常能听到客人吩咐伙计不要葱不要香菜,或者不要葱只要香菜,或者只要葱不要香菜。我则是多加葱多加香菜。一碗拉面除了面就是几片薄如纸的牛肉片,不靠这点香菜和葱,怎么做到一顿午饭的膳食平衡?

　　香菜本不叫香菜,叫的人多了,也就成了香菜。我有朋友是四川人,她从小听到大的都是芫荽。另有一友,是安徽人,她说他们那里管芫荽叫芫菜。

中国地域广阔，对同一样作物命以不同的名称，太正常了。芫荽一物，最早名胡荽，来自西亚，随张骞大人远道来归，从此扎根在中华大地，繁衍播散，生生不息。可谓有井水处，就有芫荽的倩影。这里抬出张骞先生的大名，并不是冒认，而是有出处。《齐民要术》引用《博物志》道："张骞使西域，得大蒜、胡荽。"

四百多年后，到了西晋永嘉年间，五胡乱华，十六国纷争，后赵明帝石勒登基。石勒是羯族人，奴隶出身，做了皇帝之后下禁胡令，凡是有"胡"字的和有"勒"字的东西都要改名。于是凡"胡"皆易名，有"勒"尽改字。胡饼改为麻饼；胡荽改为香荽；胡麻改为脂麻，后来变成了芝麻；胡瓜改为黄瓜，又叫王瓜；胡豆变蚕豆就是这么来的，倒是四川，还叫胡豆，没有变过，看来石勒的影响没有越过秦岭到达蜀中。他的侄子石虎继承了他的帝位，接着改，呼马勒为辔，罗勒为兰香或香菜。罗勒非常香，改名叫香菜显然很对。而胡荽也香，便改为香荽，又从香荽变为香菜。只因石勒石虎这对叔侄皇帝一起意，多少古物都改了名姓。

此物一入中华，就种在菜园中，没有经过野生—驯化—栽培这个过程，所以也被称作园荽，也有写作蒝荽、元荽的。如今通行的芫荽，正是由"元荽"而来。

芫荽进入中华之后不久就入了诗赋，西晋著名文学家潘岳在《闲居赋》里说："菜则葱韭蒜芋，青笋紫姜；堇荠甘旨，蓼荽芬芳；蘘荷依阴，时藿向阳；绿葵含露，白薤负霜。"果然大文学家笔下的菜园子就是不一样，读后的感觉就是这家菜园子的蔬菜长得真好，这户农家乐的饭菜肯定新鲜好吃。就这家了，停车，吃饭，搓麻，唱K。

上海人一直管芫荽叫香菜，用上海话是没法发芫荽这两个音的，即使发得出也觉得古怪、拗口。从前上海人吃香菜不多，一般会在入冬以后，将雨欲雪的最寒冷的三九天，或阖家团聚的春节时，烧上一炉炭墼铜暖锅，蛋饺、肉圆、皮肚、

芫荽,又名胡荽、香荽,俗名香菜,一年生或二年生草本植物,有强烈气味。叶片一或二回羽状全裂,伞形花序顶生,花白色或带淡紫色。原产欧洲地中海地区,西汉时张骞从西域带回,现大部分地区均有栽培。茎叶作蔬菜和调香料,果实可提炼芳香油。

青鱼片、鸡脯肉、粉丝、菠菜、冬笋、豆腐之外，会备一小篮子香菜，作解腻清口用。生吃不下锅，或者于碗里放香菜几茎，热汤浇入，稍软即食，吃的便是香菜的清香和凉爽。又或者老板请客、同事聚餐，于小餐厅的菜单上点一道"香菜顺风"，乃熟猪耳切细丝，加香菜凉拌。又或者下午放学时分，正是肚饥之时，在小吃店要一份锅贴，再配一碗咖喱牛肉粉丝汤，这时会在汤里放几片香菜叶。如此而已。

芫荽和咖喱牛肉汤乃是绝配。须知"咖喱"原意为"用香料煮"，至于煮什么，各自随意。煮牛羊肉自是上佳，素食者煮鹰嘴豆、大块蔬菜同样大好。咖喱要用到的香料有几十种，同样可以按个人口味随意增添删减，但少不了的是姜黄、小茴香籽、八角、丁香、肉桂皮、月桂叶、薄荷、胡椒、花椒、辣椒、芥菜籽、芫荽籽等等。芫荽籽是重要的一味。

印度的咖喱经过种种改良，在上海变化出一种能够被本地人接受的味道，固定下来后，被制成调料瓶装出售，称为油咖喱。这种油咖喱售价不高，三四十年前，在物资和工资同样匮乏的年代依然能够为城市平民所享用。一般家庭的厨房里都有一瓶用了一多半的油咖喱，瓶子虽然被公用厨房的油烟熏得油腻腻，但不吃完是不会抛弃的。我公公很喜欢油咖喱的味道，有时吃面，会在面汤里加一筷子油咖喱，一碗光面马上就有了牛肉面的味道；这时候要是再在面上放点芫荽叶子，那是可以乱真的。

张骞出使西域，从西亚带回了胡荽、沙葱、大蒜等物，大大丰富了我国的菜篮子，于萝卜、白菜、葵、芥、荠之外，增加了辛香类菜品。这是第一次蔬菜大输入，第二次要到唐朝贞观年间，吐蕃国王松赞干布娶走了文成公主，中原和南亚的陆路交通被打通，南亚的蔬菜水果等进入中餐菜单：叶护献马乳葡萄，康国献黄桃，泥婆罗国献菠棱菜（菠菜）、酢菜（榨菜）、胡芹（芹菜）、浑提葱（洋葱）。贞观以后，中国又有了从甘蔗里提取的蔗糖和自酿的葡萄酒。如果没有来自西亚、

芫荽花

南亚的作物,我们的餐桌是何等单调。

没有胡荽,北京菜就没了芫爆散丹,梁实秋的一腔思乡之情单靠水爆肚只能抚慰得了一半;没有沙葱,甘肃就没了沙葱炒蛋,西北游不能尽兴;没有大蒜,腊八蒜泡不成,年三十怎么吃饺子?没有菠菜,冬天怎么吃暖锅、涮羊肉?没有榨菜,留学生的中国胃怎么适应得了牛排、芝士和奶酪?没有胡芹,豆腐干和谁去炒成一盘?没有洋葱,新疆大盘鸡就少了重要一味。到了明朝,第三次蔬菜大输入,从南洋飘来了海椒、胡萝卜、西红柿、番薯、胡椒、洋芋、落花生、向日葵……看看这些名字:曰海,曰胡,曰西,曰番,曰洋,和汉朝时的胡瓜、胡荽、胡豆、胡麻一样,胡天胡地,海西洋番,统统在中国的厨房里化洋为土,西为中用。他们有薯片、薯条,我们有拔丝土豆、醋熘土豆丝;他们有油炸洋葱圈,我们有洋葱炒牛肉丝;他们有番茄酱打遍天下无敌手,我们有番茄炒蛋横扫寰宇;他们可以把所有蔬菜拌进沙拉共冶一盘,我们有老虎菜天地同春;他们有炖蔬菜,

用红烧牛肉的汤为面汤底，煮好的面条上放入牛肉，撒上芫荽叶即成。

芫荽牛肉面

我们则单打独斗，有芹菜炒鱿鱼、辣子鸡、白菜卷、蒜蓉西兰花。

还有芫荽。他们把芫荽籽当香料用的时候，我们已经把香菜提升到主流和异端的取舍之争上了。吃不吃香菜，和北方过什么节都吃饺子以及南方过什么节都不吃饺子的话题一样，在网络头条榜上屡创新高。来吧，让我们继续争论，番茄炒蛋是放糖还是放盐、豆腐脑加蜂蜜还是口蘑打卤、腊八粥是八宝干果熬的甜粥还是肉骨头青菜炖的咸粥……在这样的争论中，我们忘掉了从西域来的胡荽、从广东来的番薯、从浙江来的海椒、从美洲来的西兰花，把它们全都当成中国菜的一部分，不分彼此。

　　上一篇《香荽满地》里说十六国时为避后赵明帝石勒的讳，日常口语中不能说勒字，把马勒改名辔头、罗勒改名兰香。当看到罗勒这个熟悉的名字时，许多人都不免吃了一惊：罗勒呀，煮意大利面时拌个罗勒松子绿酱；炒花蛤、青蟹时扔一把九层塔；甚至流行的减肥食品水泡兰香子代饮料，这都是罗勒呀。原来它是这么古老的东西，之前还以为它是跟着东南亚菜式一起进入中国内地的呢。

　　罗勒这名字听上去也太不中国了，倒是台湾管它叫九层塔、广东称金不换十分本土化。原来它曾被叫作兰香，是几时又回到原名罗勒的呢？估计是因为可以称为兰香的植物太多了，泽兰、佩兰，乃至薄荷、留兰香，都有兰香之名，为免混淆，各地慢慢恢复了原来的名字。

除了兰香，它还被叫作过香菜，各地也称其为翳子草、省头草、光明子、矮糠等。香菜是说这种菜很香，省头草是说这种香菜可以提神醒脑，翳子草和光明子是指它的种子可以治眼病，其中就数矮糠最奇怪。

把罗勒叫作矮糠的记载见于清朝植物学家吴其濬的《植物名实图考》中："京师呼为矮糠，亦名香草，摘其尖梢置发中者也。"京师就是北京，把矮糠尖藏在头发中的风俗一直延续到了民国，北平人家仍然管它叫矮糠。

清人把罗勒呼作矮糠，用的是满语音译。满语音 aigan，北京满语稍有变化，发音为 aihang，写作"矮芫"或"矮糠"。到了南城外口音又是一变，为 anan 尖儿，写出来是一看便可知香氛馥郁的"馣馣尖儿"。馣的本意就是香，用这个字来命名罗勒，再恰当没有了。

罗勒夏天开花，民国时期的《四季货声》中七月的叫卖声里就有"矮糠"：

玉兰花嘞，茉莉花啊，套花瓶儿，江西腊哎哎大红花儿，哎矮糠尖儿嘞。

不解释一下还听不懂老北京俗语，江西腊是翠菊，矮糠是罗勒。叫卖的声音像曲调一样动听，老太太学了用它来逗小孙子孙女玩，和他们做游戏打花巴掌，边打边唱："打花巴掌的正月正，老太太抽烟看花灯。烧着香儿捻纸捻儿哎，茉莉茉莉花儿哎，江西腊哎矮糠尖儿……"

买了矮糠尖之后做什么呢？不要着急，这也有儿歌教呢：

小三儿小三儿，什么打扮儿？青洋绉的裤子，白汗褟儿。白汗褟儿锁着狗牙儿。骑马穗儿，拧锅圈儿；青辫穗儿，紧辫花儿。左边掖着晚香玉，右边掖着矮糠尖儿。鱼白袜子一道脸儿，双脸儿鞋一道线儿。

罗勒，又叫兰香、香菜、翳子草、矮糠、荆芥、家薄荷、九层塔、鱼香、鸭香等。唇形科罗勒属一年生草本植物。非洲至亚洲温暖地带均有，茎、叶及花穗含芳香油，嫩叶可食，亦可泡茶饮。

小姑娘梳好了两条小辫，左边插一朵晚香玉，右边插一枝罗勒花穗，那得有多俊多俏多香啊。

过去，矮糠在北京一定很常见，文化人创作点小故事，都会捎带上它。京韵大鼓《大西厢》里，红娘到张生院子里去，迎面而来的是影壁墙。墙上种着爬山虎，墙下放着金鱼缸，缸里养着慈姑和荷花，院子里开着石榴花、玉簪棒儿、翠雀儿、夜来香、仙人掌、紫白二丁香、向日葵和桂花，少不了的还有晚香玉，还有绿蓁蓁的几盆子矮糠。大鼓词的作者直接把他家四合院里的花草原封不动给搬到普救寺西厢张生的窗子底下了。但看来看去，老北京的矮糠种了就是看个花儿闻个香儿插个髻儿扮个俏儿，不像是拿来拌个杂酱面儿、炒个蛤蜊壳儿的。

在《植物名实图考》里，罗勒的位置不在芳草类或隰草类，而在蔬类，上承"茼蒿"下接"菠薐"，让人觉得可以打打甗炉涮涮火锅，把它与茼蒿、菠菜、羊肉片共涮一汤。

西晋张华《博物志》里说："烧马蹄、羊角成灰，春夏散着湿地，生罗勒。"这说法显然是无稽之谈。但罗勒因为避石勒讳而改名一事确实是真的，连《大正藏》这样严肃的释家著作都有记载："罗芳，香菜也。俗言避石勒讳改名罗香也，律文作勒。""罗勒"这个名字听上去就像是天竺国来的梵语。

罗勒在印度有超过五千年的栽培史，光是最常用的甜罗勒一种就有160多个栽培种。它在中国各省都有栽培，南方山里还有逸为野生的品种。我们是一个那么早就开始食用罗勒的国家，如今倒要重新认识它。欧洲要迟至十一、十二世纪才有罗勒的记载，最早出现在意大利，但如今说起意大利就是意面，说起意面就离不开罗勒。

罗勒之名，也许出自佛教典籍《阿含经》。书里说有一位智者名字叫罗勒迦蓝，是释迦牟尼在初学法时的老师。释迦牟尼成佛后想报答恩师，第一个想到的就是罗勒迦蓝。刚有此想法，天空中就有声音说，罗勒迦蓝已经死了七天了。罗勒迦蓝的意思就是护法者罗勒。罗勒在西方的名字是 Basil，拉丁名是 Basilicum，意思是众草之王。罗勒香气馥郁、味道甜美，确实是别的香草蔬菜都难以媲美的，叫它众草之王一点不夸张。对照佛经来看，罗勒迦蓝是释迦牟尼的老师，那真是师中之师、王中之王了。

佛教在东汉传入中原，如果随着佛教一起传入中原的还有一种释家喜欢的香草，用佛经里出现过的尊者名字为它命名，似乎也说得通，就好像古之优昙花（山玉兰）、今之释迦果（番荔枝）。

韦弘《赋·叙》曰："罗勒者，生昆仑之丘，出西蛮之俗。"罗勒又名西王母菜，看来真的是从昆仑山下来的呢。从阳台上采点新鲜罗勒叶子，加炒熟的松子和橄榄油捣成酱，简称"绿酱"。用绿酱拌意面，是意面中最简单、最常见、最省事，也最好吃的做法。试想，到了餐厅坐下，对侍者说："来盘西王母菜绿酱细面。"多么威风！

罗勒传入中国后并没有得到众草之王的地位和荣誉，慢慢成了菜园子里常见的蔬菜，用来烧鱼。元朝张养浩写了首诗，有一句是"木密垂枝手可亲，娵隅罗勒味尤真"。

"娵隅"这个古怪的词出自《世说新语》。三月三日上巳节，桓温设宴招待部下，酒过三巡之后，诗兴大发，便行酒令，写得出诗的写诗，写不出诗的罚酒三升。郝隆拿起笔来写了一句"娵隅跃清池"。桓温看不懂，问娵隅是什么东西，郝隆回答说："南蛮之地，鱼名娵隅。"桓温不高兴了，说："你写诗为什么要用蛮语？"郝隆哈哈一笑说："我不远千里前来投靠桓公，得了个蛮府参军的职位，怎么能不作蛮语呢！"郝隆曾当着桓温和谢安的面出言讽刺谢安出山做官是失了

紫花罗勒

罗勒三杯鸡

远志，一向恃才傲物。也就是他，有一肚皮的书，才会知道南蛮之地管鱼叫姎隅。

张养浩不知是和谁斗气，写诗也用南蛮语。不过既然是做鱼，就用罗勒辟味，这个人太懂吃了，是个吃货。这是元朝，罗勒烧鱼。你要是看过元朝的《饮膳正要》，看到通篇的羊肉汤，猛地看到罗勒烧鱼，会感动到哭的。而"南蛮之地"到现在仍是用罗勒烧鱼。我去版纳旅游，在思茅吃晚餐。店家端上来招牌菜酸辣罗非鱼片，一尝，一股浓烈的罗勒味直冲鼻端，把罗非鱼的土腥气掩掉不少。果然是"姎隅罗勒味尤真"啊。

勃荷、勃贺和薄荷

这几年种薄荷在城市里十分流行，不管办公室写字台也好，家里的阳台也好，常能见到一盆盆长势良好、翠碧青绿的盆栽薄荷。闲下来的时候，碰碰叶子，把脸埋进叶子里闻一下香气，摘几片下来泡一杯薄荷茶，繁忙过后慰劳一下自己，清氛从鼻端上达天庭，香味从舌尖直抵胃囊。就像书上形容的，三万六千个毛孔无一个不畅快；又像民间所说的，廿四根肋旁骨根根适意。没有什么比一杯碧绿清透的薄荷茶更让人觉得放松的了。

薄荷这种植物可以说悄悄陪伴着我们从小到大的记忆，时远时近，时隐时现，从来没被注意过，但一直在身边。关于薄荷，最早的应该是嗅觉的记忆，第一支儿童牙膏里就有薄荷味——也许上面写的是留兰香。

稍大一点，薄荷的记忆来自香甜的糕点，糯米粉加糖压实的白色印糕、半透明的水晶糕、环形的宝路糖、端午节的迷你西米粽；或者生病时吃的维C银翘片，呼吸不畅时用的薄荷通吸入剂等；或者，三伏天时，倒一杯雪碧加一片柠檬，上面放两片薄荷叶点缀。

薄荷的历史比我们想象的久长。细究一下，春秋时期，它就已经出现在消暑降温的凉茶里了。那时候宫廷中设有专门掌管茶水的工作人员，叫"浆人"。冬天的热饮叫"六浆"，夏天的冷饮叫"六清"。这六清是薄荷水、陈醋、嫩藜、糯米、甜酒、梅汁、菽粥，吃时加冰。

看看这六清：薄荷水清凉自不必言；夏天痊暑脾胃虚弱，喝点淡醋汁增加胃酸，促进胃动力；藜是灰灰菜，可治痢疾，夏天生食贪凉最易泻痢；糯米补气，韩国人现在三伏天吃人参鸡，鸡肚子里还要塞糯米，这是自古流传下来的食经；甜酒是甜酒酿（醪糟），同样是用糯米制成，夏天的甜品中放一点冰镇过的甜酒酿吃下去非常舒服；梅汁，大约就是酸梅汤吧，那更是可口可乐出现以前中国人最常见的消夏饮料；菽粥让我想到豆浆，要是高温天气走进一间小食店，点上一杯冰豆浆，那可真是如饮甘露，神仙不易。

原来，国人那么早就发现了薄荷的妙用，并且写入了典籍。考其渊源，发现它有过不少名字，扬雄《甘泉赋》曾作菝葀："攒并闾与菝葀兮，纷被丽其亡鄂。"意思是温泉宫里种植了棕榈和薄荷，枝叶茂盛，披离无际。

前人笔记里有两则关于薄荷的故事，其一记载在北宋钱希白撰《洞微志》里，讲一个名叫便聪的和尚游历五台山，要回东京汴梁的时候，有个和尚请他带一封信给东京勃贺。信封上没有写门牌号，或什么寺什么庙，便聪拿着信不知道该投给谁。一天郊游，他在野外看到有小孩在追一只大猪，边追边叫"勃贺勃贺"。便聪大惊，问为什么要追着它喊勃贺。小孩说，这只猪本事大，能让整个猪群听

薄荷,一名鱼香草,为唇形科薄荷属多年生草本植物。嫩叶及茎尖可供蔬食及冲泡饮用。新鲜茎叶含薄荷原油,可提取薄荷脑。

它的号令不乱跑,是只领头猪;它还特别喜欢吃薄荷,所以就管它叫勃贺了。便聪心知有异,从怀里掏出那封五台山和尚的信,递给勃贺猪。猪一口吞下,立起来,嗥叫了一声,化成土,委地消失了。

这个故事真是说不出地古怪,也许当初就是那个五台山的和尚捏土为猪,作法以供驱使,玩够了之后,寄信消法,那信也许就是灵符,吃了就完此功业。但为什么一定要让它喜欢吃薄荷呢?薄荷在这里的作用何在?难道是暗示多吃薄荷可以消积食?

另一个故事发生在北宋末年。主角姓史,住在东京汴梁。有一个挑担卖薄荷的小贩常打史家门前过,史某经常买他的薄荷。有一天高温炎热,卖薄荷的人还在沿街叫卖,口渴得不得了,史某请他进屋歇凉休息,端出冰镇凉米酒给他解渴。卖薄荷的人谢了又谢,等身体稍好才告辞。后来汴梁被金兵围困,城中已无余粮,史某用绳子把自己吊下城墙,一看城外,早被烧成一片白地,没有人家和屋舍,遍地尸骨,修罗场一般。

史某此时又无法再入城,只得随便乱走,看见前面有两间茅草房,便进去求食问路。主人开门一看,惊呼说:"史官人你怎么到了这里,前面两里路外就是金兵大营,你再往前走,落入他们的手里,可就活不了了。还好你遇到了我,快进来快进来。"

他关上房门,捧出饭菜。史某问你是谁,屋主人说:"我就是卖薄荷的呀,上回要不是你给我一碗凉米酒喝,我就中暑死掉了。"史某这才放了心,问周围千里已成赤地,为什么这屋子能独存。

原来,卖薄荷的和一个金兵里的千夫长熟识,保他不死。这个千夫长曾经是金人的间谍,打探城中兵防官署、人口街道等等,扮作商人,年年来京城做生意,每次都住在他的客店中。他招待周到,千夫长倒也记得他的好处,没有杀他。因为有这个千夫长庇护，卖薄荷的和史某才得以在战火中保全了性命，留下了这个故事。

这件事收录在《北窗炙輠录》里，书中说："案《金人败盟录》言金人本小国，一旦崛起。今据其间者，乃往来京师十余年耳，则金人谋我国家已久矣。所谓崛起者，非一旦也。"哪有什么一旦崛起，那是图谋已久啊。可笑道君皇帝还在兴建艮岳、运花石纲，不知祸之将至。

这个故事里，把薄荷写作勃荷，并且注明"京师人呼薄荷为勃荷也"。那么就有勃荷、勃贺、薄荷三种写法，前两种都是薄荷的谐音。写作勃荷或勃贺，很有北方草原民族的味道，像什么赫连勃勃啦贺兰山啦，也许本就是音译？也许北宋是薄荷大量种植变成草药和蔬菜的重要阶段，名字还在变化和演变中，最后才确定下来写作薄荷。

薄荷是广布种，中国哪里都有。据上两则故事来看，薄荷在北宋很常见，猪也食得，人也吃得。不知史某买薄荷怎么用，他经常买薄荷，和小贩都搞熟了，这不会是小数目。薄荷除了夏天泡水喝，最多的用处是入药，主治一切伤寒头疼、霍乱吐泻、痈疽疥癞等疮，是很常见的草药。嫩叶和嫩茎可以当菜吃。

有一种薄荷，名叫猫薄荷，猫儿最喜欢吃，诗中常见。如叶绍翁《题猫图诗》："醉薄荷，扑蝉蛾。主人家，奈鼠何。"活画出一幅猫蝶图来。再如陈郁《得狸奴》诗："牡丹影里嬉成画，薄荷香中醉欲颠。"又如刘克庄《失猫》诗："蛙跳阶庭殊得意，鼠行几案若无人。篱间薄荷堪谋醉，何必区区慕细鳞。"刘家的猫自己去捉鱼，蛙不管鼠不理，特地种给它的"薄荷大烟"都不爱了。

其实这种猫薄荷不是薄荷，而是唇形科另一种香草，名叫荆芥，和薄荷很像，大家习惯了，都叫猫薄荷。大多数猫见了猫薄荷都把持不住，我有一回在下班路上看见一片地里种有猫薄荷，采了三枝回家，我的猫"十三"自我刚进门就闻到了，

雪碧一罐倒入杯中,加冰块、柠檬一片、新鲜薄荷叶少许。

薄荷柠檬雪碧水

扑上来就抓我的包。我赶紧拎出来放进一只空的纸箱里,十三躺在箱子里,打了两个小时的滚。用猫脸蹭啊磨啊,眯着眼睛,各种萎靡颓废的神情,烂醉如一摊稀泥。直到三枝猫薄荷变成菜干,香味和汁液都没了,十三才施施然离开箱子出来。

古人最爱猫的恐怕要数陆游了,他入蜀是带了猫儿同行的。他的猫名叫"雪儿",也是个喜欢薄荷的:"薄荷时时醉,氍毹夜夜温。"也许因为猫喜欢薄荷,连他也喜欢上了:"薄荷花开蝶翅翻,风枝露叶弄秋妍。自怜不及狸奴黠,烂醉篱边不用钱。"种薄荷多好,种上一丛薄荷,不需要花钱买酒,就可以天天沉醉了。

用薄荷泡水代茶喝,宋人就有了。李纲有诗:"我亦乘桴向海涯,无人复献雨中花。却愁春梦归吴越,茗饮浓斟薄荷芽。"其法和现在的人随手摘两片薄荷叶放进茶杯里泡水喝没有任何两样。

我喜欢种薄荷,闻香味,泡茶喝,自不待言。夏天薄荷生长迅速,不多时就老大一盆,不及时采收会有徒长逸盆之虞。每天采两片叶子泡水喝是用不掉这么多薄荷的,得大蓬大蓬地采,一把一把地割,得下狠心和辣手才行。一般城市种花一族很少能这么对待自己种的植物，我也是看看实在不能不管了，才剪下一大把来，做菜吃。

做啥呢？泡茶是用不了这么多的，可以切碎了炒蛋，或是做薄荷蛋花汤，或者煮鱼汤、牛肉汤时撒一把，清香无比。要大量用掉薄荷还得做薄荷鸡：用少量油爆香姜片，放进大把薄荷叶和盐炒，塞进鸡肚子里，鸡先用两大勺盐抹匀全身；砂锅烧热，放油、姜片、薄荷垫底，其上放鸡，鸡上再盖些姜片，不用放水，盖上砂锅盖子，小火慢烘1小时以上至熟；鸡熟后取出膛内薄荷不要，切件装盘，锅内原汁淋在鸡上。这样做出的薄荷鸡又香又嫩，薄荷味浓自不必说，鸡肉没有经过水煮，最大程度保留了鸡的原味。加热过程中，鸡肉里的水分和鸡皮下的脂肪变成汤汁留在锅里，受热变成蒸汽，蒸熟鸡肉。鸡肉的鲜味没有流失一点点，再加上薄荷的香味，美味无比。

> 江南亲旧半存亡,梦断蘹香路阻长。
>
> ——清·王鹄《雪夜不寐怀陆大憩园汪七芸崖袁六复生》

蘹香者,茴香也。与西域沟通后,中亚和西亚的香料大量进入中国。国人为这种异常芳香的植物取名为怀香,因为放在怀里整个大殿都能闻到它的香气。后来,按照惯例又加了草字头变成了蘹香。后来又管它叫茴香,则是因为加了茴香后肉香味更浓,能回香。这解释是孙思邈给出的:"煮臭肉,下少许,即无臭气,臭酱入末亦香,故曰茴香。"

汉代以降的外来物种,都可以归到张骞凿通西域之后,茴香显然是其中之一。怀香之名,出现在晋朝,嵇康《怀香赋》有曰:"曾见斯草,植于广厦之庭,或被帝王之囿。"这样看来,在魏晋时期,茴香是种在帝王苑囿里的香草;到了唐朝,就成了厨房里的香料,跟臭肉臭酱为伍。

茴香又因谐音"回乡"常被文人加以铺陈。《西游记》里唐僧有一

茴香,又名怀香、小茴香,伞形科茴香属植物,花黄色。原产地中海地区,我国各省区都有栽培。嫩叶可作蔬菜食用或作调味用。

次念诗,最后一联是"防己一身如竹沥,茴香何日拜朝廷"。这里用茴香,既是双关,也有典故。

《铁围山丛谈》中记载,宋徽宗"北狩"后,有一天吃饭,嫌饭菜没有味道,让侍从去街市上买点调味料。待从带回来一包茴香籽。徽宗一看那张包茴香的纸,正是赵构登基而颁发的赦书。他这一看涕泪纵横,说:"既是我儿当了皇帝,大宋即将中兴。赦书包着茴香,岂不是预示我要回乡了?"于是随行的人都拜舞称庆,以为南归有望。读书至此,真是伤感悲痛。

徽宗在当皇帝的时候,也发生过一件与茴香有关的异事。政和末年,林灵素在宝箓宫宣讲道藏。阶下听讲的有数千人,都拱手跪拜肃穆致敬,只有一个道人瞪着眼睛站在前面。林灵素喝问道:"你有什么本事,见我不拜?"道人说:"我没什么本事。"林灵素说:"既然没本事,在这里做什么?"道人说:"林先生无所不能,怎么也在这里?"林灵素一时语塞,回答不上。徽宗坐在帘幕后面听见了,觉得这个道人只怕也有些道术,就宣过来问他有什么真本事。那道人见了皇帝,不敢倨傲了,拱手说:"臣能生养万物。"徽宗让人找出一包茴香籽来给他,道人种在皇家花园"艮岳"的山脚下。第二天去看,茴香苗已长成一片,蔚然成丛了。

同样是徽宗和茴香的故事,在政和年间是野人献芹、道家显术;在靖康之后,则是御手调羹,见赦书堕泪,望家乡路远山高,茴香纵使在握,也回不得了。

宋朝运气不好,遇上小冰河期,高纬度地区的草场被冰雪覆盖,草原民族只能南下,与中原农耕民族抢夺生存地盘。纵观中国历史,每一回中原王朝的覆没,都是亡于草原民族的马蹄,这背后隐藏的是地球公转导致的几百年一个轮回的冷暖交替。所以,中原王朝的命运一早就写好了,换上两个励精图治的皇帝和几个勇猛精进的将军也未必有用。就像《冰与火之歌》里的预言,长夏难继,凛冬将至,灭亡是迟或早而已。以宋人之羸弱,就算天灵盖挨得过金兵的狼牙棒,血肉之躯还能躲得过蒙古大军的铁蹄?

南宋萧照曾画《中兴瑞应图》,宣扬高宗赵构即位是上应天祥,后人有诗咏其图画,百般嘲讽。最后一联"可惜茴香无瑞应,空教拾得中兴书",说的便是徽宗的故事。

茴香是伞形科植物,开黄色小花,当香料用是茴香籽,形似稻谷,因此也叫谷茴香。很多年前,我在北京工作,住安外大街。那里有一家百货大楼,底楼当街是名店稻香村，除了糕饼点心，还有现做的京东肉饼和馅饼。馅饼有两种，韭菜鸡蛋馅和茴香猪肉馅。刚出锅的肉饼和馅饼香得馋人，捧在手里要倒换几次才能拿着开咬，一咬一口油，汤汁可以顺着手臂流到手肘。饭点时路过，非买了当午饭不可；有时想吃了，特地走两站路排半个小时队去买。

吃茴香叶的地方不多，南方更是少有。自离开北京，再没吃到那么香那么好吃的茴香馅饼。后来我在阳台上种了一盆茴香，拂一拂叶子，茴香味扑鼻而来，极香。但剪一把来炒蛋，家人都不喜欢，嫌香味太重。后来人家跟我说，北京当菜吃的茴香气味淡，一大把一大把的青梗绿枝翠细叶，切碎了调进肉馅里包饺子，只有淡淡的茴香味，和南方当调料烧鱼用的茴香，不是一种。

另有一种与茴香极相似的香草叫莳萝（英文名 Dill，有的港台书音译为刁草），也是伞形科，同样开黄色小花，结稻谷一样的籽，两者极难区别。不同之处是茴香的籽有五条棱，莳萝的籽除了五条棱还有两条边，看上去像生了一对翅，因此莳萝的籽要扁一些；另外，气味也有所不同，茴香籽带甜味，像八角（八角又叫八角茴香便是这个原因），莳萝籽更辛香。

莳萝进入中国要比茴香晚，古籍上说它出自佛誓国，也就是波斯国。一传入，它就和茴香混成了好哥们，俗话云"筵席五味要周全，茴香莳萝并粉精"。伞形科植物产香草，除了茴香、莳萝，还有芫荽、马蕲子（孜然）、葛缕子（藏茴香）、欧芹等，真是"伞家兄弟"一出手，荡尽世间羊膻、鱼腥和肉臭。

宋人很喜欢莳萝。宋高宗赵构的第二位皇后宪圣皇后平生喜清俭，常吃素。她曾经命御膳房用真粉、油饼、芝麻、松子、胡桃、莳萝这六样捣成末拌匀，蒸熟，再切成肺样的块，取名"御爱玉灌肺"。另有故事说，皇后在吃生菜时喜欢配牡丹花瓣一起嚼。于是有宫词曰："九重清俭却馐珍，玉肺朝朝奏紫宸。还是宫厨生菜美，牡丹花片咀残春"。

茴香

　　南宋林洪还记载了一个"满山香"的方子,将茴香、姜、花椒炒熟研为末,装在葫芦里,煮菜的时候等汤一沸,与熟油、酱同下,一揭盖,则满山香闻。他郑而重之写下来,赞不绝口,说试之果然。我想了一下,这不就是如今流行的"十三香"的简略版本吗?十三香是用了十三种香料,满山香只用了三种;装在葫芦里目的是密封,在没有乐扣乐扣的时代,葫芦可不就是最好的密封容器。

　　现在人做蔬食素菜,很少会用茴香和莳萝,宋人喜欢浓烈的香味,元人也同样如此。元朝的菜谱有"藕鲊",是把藕切成寸段,开水焯过,盐腌去水,葱油少许,加姜丝、莳萝、茴香、粳米饭、红曲拌匀,用荷叶一张包裹,隔宿食。另有"茭鲊"也类似,茭白切片,开水焯过,控干;以细葱丝、莳萝、茴香、花椒、红曲研烂,并盐拌匀,稍腌便食。加红曲,是为了形成"鲊"的味道。鲊的本意是鱼或肉加红曲发酵,如红腐乳,便是加了红曲。一瓶红腐乳吃完,剩下的腐乳汁不要倒掉,用来烧肉,咸红味醇,有酒糟香,这便是和大豆一起发酵过的红曲的功劳。

茴香馅饼

茴香择去老根,洗净切碎,与肉末加盐和酒拌匀为馅。面粉加水和匀,揿成剂子,包上茴香肉馅为饼形,放入锅中烙熟即可。

　　欧洲人喜欢用莳萝细如羽毛的叶子切碎了搭配鱼,如莳萝腌三文鱼,和宋人用莳萝去鱼腥的做法一样,还可加在沙拉酱和奶油里增加风味。整粒的莳萝籽用来腌肉腌鸡,磨碎了的放在苹果派或番茄浓汤里,都有一种回甜的甘香。现在又有一种球茎茴香进入中国,看上去有点像一个微微压扁的洋葱,切开来也如洋葱般一层一层。它和洋葱不同的是有明显的茴香味,且味道发甜,因此也叫甜茴香。拌沙拉的时候如果怕洋葱太辣,便可换成球茎茴香。

　　茴香一名小茴香,莳萝一名土茴香,这都是为了和本土的茴香加以区别。本土的茴香就是前面说的八角茴香,北方叫大料,有的地方叫大茴香。宋人周去非在《岭外代答》里说八角茴香样子不像茴香,而气味酷似,中州人用来荐酒,咀嚼少许,甚是芳香。后来呢?用来煮蚕豆佐老酒呀!孔乙己连茴香豆的茴字有四种写法都记得呢。茴香豆的配方极其简单,蚕豆加八角茴香、桂皮、盐和水煮至酥烂,即可。茴香豆回味甘甜,便是八角茴香的香味。说起来,孔乙己上大人也算梦断蘘香呢。

四 百菜来朝

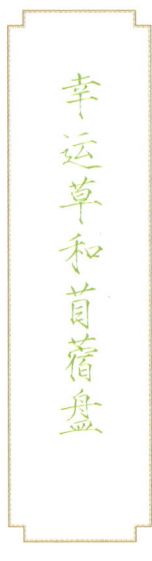

幸运草和苜蓿盘

  春节期间，新闻报道说因为节前那一轮百年难遇的极端寒潮横扫中国，导致地里绿叶菜受损，各地蔬菜价格暴涨。广州的菜心卖到五十元一斤，海南的蔬菜直上百元大关。好在本地人喜欢的草头还算客气，一斤二十元，买上半斤就可以炒一碟生煸酒香草头了，倒也承受得起。要是做配菜，如本帮菜里的名菜草头圈子、淮扬菜的秧草烧鳜鱼等等，那么只需要买二三两打个底就够了。

  秧草配河鲜是淮扬菜，扬州人、扬中人、南京人、泰州人都对这道汤菜情有独钟。当地人对秧草的喜爱溢于"菜色"，不用言表，看他们用什么河鲜来配秧草就知道了：春天刀鱼回溯，清蒸刀鱼配秧草；稍后河豚上来，拼死吃河豚炖秧草。刀鲚和河豚，是最时鲜的、昂贵的、汛期才有的时令鱼。

家常一点的,河蚌肥美了,用咸肉秧草烧河蚌汤;春笋上市时节,是春笋秧草烧昂刺鱼;初夏河虾壮了又用秧草煮河虾。不管什么河鲜都可以用秧草来烧,家常的水乡做法,用秧草的碧绿衬托鱼汤的雪白,用秧草的清香吊出河鲜的浓厚。秧草和河鲜的搭配千变万化,有多少种河鲜,就有多少种秧草烧河鲜菜。

也有不配河鲜做成点心的,淮扬餐馆里有秧草包子、秧草馄饨、秧草饼、秧草面,下白粥有家制的腌秧草和市售瓶装的咸秧草。一把秧草,从鲜菜吃到咸菜,从清炒吃到红烧,从点心吃到面条,也算花样百出了。秧草面、烫干丝、蟹黄包是淮扬点心店的看家菜式,早餐有这三样便别无所求了。

上海的草头做法简单,没这么多花样,一般家里做也就是清炒,临出锅加一勺白酒,吃的是一股酒香和草头的鲜嫩。草头圈子这样的大菜去餐厅才会点。所谓圈子,就是红烧套肠。这也看出本帮菜和淮扬菜的区别来了,淮扬菜秧草配河鲜不是清炖就是红烧,本帮菜里的草头圈子是用炒好的草头垫底,不过是取其鲜绿的颜色作陪衬和点缀。比起来,我更喜欢淮扬菜里秧草的做法。

上海管秧草叫草头,一来,它确实是草的嫩头;二来,草头就是苜蓿,苜蓿两字皆有草字头。江苏各地称秧草,我怀疑是不是"羊草"的谐音。清康熙年间方式济在《龙沙纪略》中说:"羊草,西北边谓之羊胡草……黝色油润,饲马肥泽,胜豆粟远甚。"

苜蓿还有一个名字叫金花菜,本地人有时也这么叫。这种入菜的苜蓿也叫南苜蓿或黄花苜蓿,四五月间开黄色小花。苜蓿地都广阔,花期时远远看过去金黄一片,叫金花菜很是恰当。

古人也曾被这一片金黄的花海所感动,其情形和我们如今春天去乡间看油菜花差不多。那一望无际的金色花海啊,赫赫煊煊,光彩璀璨,炫眼耀目。晋朝的时候,咸阳城外的乐游苑里长了很多玫瑰树，树下多苜蓿，太阳照在金黄色的苜蓿花上熠熠生光，风吹拂过苜蓿地萧瑟有声。"万树鸣蝉隔岸虹，乐游原上有西风"，闭上眼睛遥想一下那情形，不免又是陶醉又是伤感，陶醉的是景色，伤感的是历史。"常与秦山对，曾经汉主游。岂知千载后，万事水东流。"再恢宏的历史，都是过眼的烟云。

乐游苑本是秦时的宜春苑，汉宣帝时改建乐游苑，到唐时宫苑俱废，苑荒为原："雄图奄已谢，余址空复存。昔为乐游苑，今为狐兔园。"自从秦时明月汉时宫阙化为一片苜蓿田，这里便成了长安人的游春胜地。令狐楚去了说"不上黄花南北望，岂知春色满神州"，春末的时候苜蓿一片金花，这是黄色地毯铺就的神州啊；张九龄去后说"花间直城路，草际曲江流"，花开满原，斯是美景呀。

李白也去了："乐游原上清秋节，咸阳古道音尘绝。"乐游原游人如织，车压马驰，烟尘不起，也许正是因为原上长满了苜蓿吧。苜蓿生有宿根，刈之复生，只用一粒草种就可蔓延出一片苜蓿地来。种者一劳永逸，不烦耕种之累，茂陵的守陵人又叫它连枝草。

李白走后不久，杜甫便来了："宛马总肥春苜蓿，将军只数汉嫖姚。"再后来，杜牧也去了："看取汉家何事业，五陵无树起秋风。"不管是谁，去了乐游原，都要抚今追昔，发思古之幽情。他们发挥得有理呀，乐游原上的苜蓿地，原本就应该记在汉家的功劳簿上。当初，汉武帝想要大宛国的天马，派贰师将军李广利倾举国之力破了大宛国，带回三千多匹大宛马以及大宛马喜欢吃的苜蓿，养在离宫，种在别苑，成为武帝的不世功业。可惜来自大宛的天马传了几代后变成了普通马，倒是苜蓿在中原扎下了根，从汉苑向外扩展，凡有军马之地，皆有苜蓿之田。元朝在大都置上林署，辟苜蓿园，以饲养马驼。南京也有苜蓿园，同样是马料场，至今地铁还有苜蓿园站。明洪武一朝，官吏军民有罪犯想听赎，大多罚役而不是

南苜蓿,又名黄花草子、金花菜、秧草,豆科苜蓿属一、二年生草本植物。花黄色。欧洲南部、西南亚,以及整个旧大陆均有分布。长三角地区采嫩叶及芽头为蔬菜。

罚钞,多发往凤阳屯田,或去滁州种苜蓿。

后来永乐帝迁都北京,北京城外各门都有苜蓿地,传到嘉靖朝,九门外苜蓿地规模仍是不小。再后来帝都人口增多,苜蓿地上聚落成村,年深月久,苜蓿没了,地名也演化成了木樨地。又因京中太监数量不少,宫使讳言鸡蛋,鸡蛋遂改名木樨、黄菜等,改炒鸡蛋为摊黄菜,改鸡蛋木耳黄花炒肉片为木樨肉,口耳相传又讹为苜蓿肉。从苜蓿传为木樨,又从木樨回到苜蓿,这一个轮回,像是冥冥中天意为之。

李广利凯旋回朝时,不小心在居延海的金微山下抛撒了种子,后来就长成了一片。元朝耶律铸路过这里,见了满川的苜蓿,写道:

茫茫苜蓿花,落满金微道。
一千里骥足,十二闲中老。

——元·耶律铸《金微道》

十二闲是皇家的马厩。千里马只能在马厩里终老,有点托物寄怀的意思。

当初从大宛国传入的是紫花苜蓿,金微道上开满的也是紫色的苜蓿花,那情形有点像去新疆看见漫山遍野的薰衣草花海,粉紫色从马蹄下延伸到天边。开黄花的苜蓿是从印度引进中国的,叫南苜蓿。苜蓿自从进入中原后,就人畜共食,人吃嫩尖,马食全草。从啥时候开始吃无从考证,至少,在唐朝人的餐桌上,苜蓿已是寻常之物。

开元年间,李林甫擅政,与太子不和,官员巴结李林甫,冷落东宫臣僚。太子李亨有个侍读叫薛令之,有意使玄宗知道东宫的情形,写诗以喻:"朝日上团团,照见先生盘。盘中何所有,苜蓿长阑干。"玄宗看了大大地不喜,写了首诗回复他:"啄木嘴距长，凤凰羽毛短。若嫌松桂寒，任逐桑榆暖。"薛令之见了诗便称病挂冠，徒步回家。后世便以"苜蓿盘"为清贫自持和西席师尊的代名词，苏轼就有"久陪方丈曼陀雨，羞对先生苜蓿盘"之句。可叹玄宗倒是瞧不上苜蓿盘，但后人也有写苜蓿诗讥讽他的：

北风扬尘燕贼狂，厩中万马驱范阳。
天子乘骡蜀山险，满川苜蓿为谁芳？

——宋·张耒《题韩干马图》

苜蓿虽是牧草，但择其嫩叶水煮酒烹之后肥润甘甜、清香满口，历朝每见有人食。宋人说苜蓿陕西甚多，用来饲养牛马，嫩时人也吃；明人说苜蓿北人看重，江南不怎么吃，以无味故也。谁知过了几百年，吃苜蓿之风从北方移至南方，北方已少有人食，江苏各地却吃得欢。

苜蓿原产中亚，后遍生欧亚大陆，又被移植到美洲和大洋洲。在中国，它生长在皇家园林中大受重视；在欧洲，同样有着深厚的苜蓿文化。流传最广的是"幸运草"之说，苜蓿生三叶，小叶为心形，第一片叶子代表信仰，第二片叶子代表希望，第三片叶子代表爱情，如果能找到一株有四片叶子的苜蓿，那么就会有好运降临，因为第四片叶子代表的是幸运。在传说中，十万株苜蓿中才有一株四叶的。在中世纪德国神学家邦廷的手绘世界地图里，世界被画成了一片苜蓿叶，三个叶片分别代表亚洲、欧洲和非洲，中心位置是圣城耶路撒冷。有意思的是，他在左下角画了一片飘零在外的叶子，那代表美洲大陆。美洲便是这个幸运儿。

欧洲畜牧业发达，大片大片的田野除了种植小麦，就是蓄为牧场。牧场里长满了苜蓿，开花时一片紫云笼罩，如烟如雾，如梦如幻。法国诗人勒孔特·德·里尔写了一首诗《亚麻色头发的少女》（*The Girl With the Flaxen Hair*），后来被德彪西谱上曲子，凡学钢琴的没有不知道这首歌的：

> 是谁坐在盛开的苜蓿花丛中，
> 自清晨起就在放声歌唱？
> 那是一位有着亚麻色头发的姑娘。
> 她的樱桃般的嘴唇美妙无双，
> 在夏日明亮的阳光下，
> 云雀的歌声在回荡，
> 爱情在她的心中发芽滋长。

欧洲人一定是不吃苜蓿的，在他们的诗歌里，苜蓿地是花丛，是青春在飞扬，是爱情在歌唱。中国人吃苜蓿，只为它浓绿碧艳的菜色倾倒，或者以此标榜清贫自守。中国咏苜蓿的诗有上千首，怀古是主题，要么咏苜蓿盘，没有一首和爱情有关。幸运草和苜蓿盘这两个符号，多少代表欧洲人和中国人的形象。欧洲人即使有过黑暗的中世纪，也能从阿提拉的马蹄下拣出一株幸运草，找到美洲，开疆拓土，扬帆起航。而我们则把历史的沉重枷锁套在脖子上一代代往下传，到了乐游原上不怀古，像是白识字了。哪怕到了民国，日本人都打进来了，有人还写诗说"欧风遍地儒书废，不见当年苜蓿盘"。

时过境迁，在江南人仍然吃着秧草烧鱼、酒香草头的时候，有一种新的苜蓿菜悄悄时兴了起来。这种菜叫苜蓿苗或者苜蓿芽，跟绿豆芽、黄豆芽、萝卜苗、豌豆苗、香椿苗一样，用苜蓿籽发芽，吃嫩苗。它的吃法简单，多是凉拌，中式一点的可用核桃仁、花生米拌；西式一点的可用牛油果、鲜虾仁拌，或夹在三明

紫苜蓿

秧草河蚌汤

大河蚌剖壳取肉洗净，切成椎香，加虑肉或咸鹅放入砂锅中加水同煮，炖至肉烂汤浓，放入洗净的秧草烫开即成。

治里代替生菜；东南亚式的吃法可包在米纸里；日式的可用紫菜裹成手卷。它的吃口脆生鲜嫩，有一股苜蓿的清香。

千金散尽

宋朝的陶谷在《清异录》里记载了一则传闻，说隋朝的时候，有呙国的使者来朝觐，随身携带了新奇的菜种，只售不送。中华自汉朝以来，对各种外来物种都很有兴趣，不管是什么洋玩意儿，来了之后就能安身于此。汉人也喜欢这些胡花胡草，一点不排斥，来了就兼收并蓄。既然人家提出要卖，外交部也大方答应，几番商议之后，定下一个数目，这些菜籽就归了大隋。因为是花了大价钱买来的，这些菜就被呼为千金菜，大受欢迎，到宋朝的时候，已经遍布华夏了。

因为菜籽是呙国的使者带来的，这种菜便被称作莴菜，也叫莴苣；吃的部位是植株的茎，形如笋，亦名莴笋。

我们吃惯了莴笋，并不觉得它有什么稀奇，细究一下，原来它来历不凡呢。这还只是它在中国历险记的开头部分，稍后它还将有奇遇。这里先放下不表。

莴苣，菊科一年生或二年生草本植物，全国各地均有栽培，栽培种有莴苣、结球莴苣、生菜等，茎叶均作蔬菜食用。

在原产地，莴苣曾经地位卓越，是被供奉和祭祀的对象。

在遥远的古埃及，人们发现莴苣的新鲜嫩茎被折断之后，有白色的浆汁流出，与成年男性的某种体液相似。于是，莴苣被视作神迹，成为繁殖的象征，雕刻在神庙的壁画上，接受祭师的祷告和民众的膜拜。后来，莴苣传入希腊，进入地中海地区，成为当地主产。不过，当时的欧洲人把莴苣的种子当药材使用——怪不得吴国人奇货可居，一把莴苣种子要卖大价钱。欧洲在 16 世纪培育出了结球型的叶用莴苣，这是生菜的前生。从那以后，莴苣或者说生菜就成为餐桌上的宠儿，

因脆甜多汁、便于运输而广受欢迎。

　　格林童话里有一个故事叫《莴苣姑娘》，读来说不出地古怪。小时候不明白这故事到底是讲什么，莴苣啦长发啦，和主题都有什么关系。直到后来读到古埃及关于莴苣崇拜的历史，才明白这故事映射了远古时代的宗教含义。莴苣在传说中是生殖崇拜的象征，那么无子的妇人想吃莴苣，吃到后生下莴苣姑娘就可以理解了。

　　对小孩子来说，作恶的巫婆没有得到惩罚故事就结束了，实在不解气。但知道了莴苣的含义和故事中繁殖的主题，那么巫婆的存在也就合理了。她是古埃及祭师的化身，人类从神那里偷偷得到了后代而不是通过祭师的祝福和默许，因此要受到惩罚的是人类而不是巫婆。德国黑森林地区的童话暗合古埃及的远古宗教密码，某些文化一直隐藏在事物的表面之下，时间太久，湮没难寻，就等着人去解读。

格林童话的故事背景是16~18世纪的欧洲，启蒙运动的前夜，莴苣还在讲述着繁殖的主题。而这个时候的中国，已经是明中期了，莴笋变成园蔬日久，早就成为日常蔬菜。那时的人们常常生吃其茎，有名的做法有"相公齑"：萝卜、芜菁、莴苣全部切条，用盐杀水后沸水一滚，冷水过凉，酸浆水浸泡，放井中冷藏后食用。简单的有酢菜：萝卜、莴苣去皮，白菜取心切段加盐除水，加姜丝、橘皮丝、红曲、花椒、莳萝、茴香拌匀，淋上熟油就成。

莴笋一物，生吃最宜。袁枚在《随园食单》中也是这样说的，宜生、宜淡、忌咸。江南至今吃莴笋还是生吃：莴笋（本地叫香莴笋、莴苣笋）去皮切丝，加少许盐除水，挤干，葱花一小撮放在莴笋丝上，烧热一勺油淋在葱花上即成。鲜嫩脆生，下粥一流。

别的地方茎叶同吃，通常是炒。清炒也可，炒腊肉或火腿也妙。四川有道名菜叫"开洋凤尾"，专吃莴笋叶。开洋便是大虾米，用黄酒泡发，莴笋只取笋尖几片嫩叶，一断为二，放在猪油沸过的开洋汤里略煨，起锅时勾玻璃芡。这个菜在辣翻天的川菜中别具一格，很受欢迎。

明朝宫中有生吃莴笋叶的习惯。时令进入四月，已是春末，初四，宫眷内臣换穿纱衣，赐京官扇柄，设芍药宴。初八，进"不落夹"（用苇叶包糯米饭）；赐樱桃，为诸果新味之始；吃笋鸡，吃白煮猪肉，有"冬不白煮，夏不炰"之意；又以各样精肥肉加姜蒜切成黄豆粒大小用来拌饭，再用莴苣大叶裹食，叫"包儿饭"。

现在，这种用莴笋叶包肉丁拌饭的吃法已经不大常见，但我在吃韩国烤肉的时候，觉得他们把现烤五花肉蘸酱放进生菜叶子里裹起来吃的方式，颇合明宫旧俗。网上流行所谓"明朝在韩国"的说法，这也算是一点佐料吧。

回头再来说"莴苣传奇"——时间久远，有些事已经被淡忘在前人的笔记里，要仔细翻找才能找到它曾经的辉煌。回溯到残唐五代，话说有一个僧人在草堂昼卧，

生菜

梦见一条金龙在吃他地里种的莴苣。和尚醒来出门一看,莴苣地里果然有一个相貌魁伟的男子在挖莴苣吃。和尚心知其异,恭恭敬敬请他到僧舍坐下,奉上茶食和盘缠,然后说:"苟富贵,无相忘。"后来,这男子发迹之后,果然给和尚建了一座大寺庙,赐名"普安寺"。

想也想得到,这个男子只可能是宋太祖赵匡胤。

我觉得有点奇怪,以太祖一条长棍打败河朔群雄之勇,杯酒释兵权之智,善待万民之仁,千里送京娘之义,见到一座小小庵堂,旁边菜地成畦,莴苣成行,大白天的怎么就不去叩扉相求,而是偷掘人家的莴笋呢?不管怎样,英雄起于微时,挖人家两根莴苣算得了什么。有趣的是,朱元璋有珍珠翡翠白玉羹的故事流传于民间,宋太祖吃莴笋的故事就没怎么听说。

莴苣之路,从古埃及出发,分东西两线各自发展。在中国,由于土壤和天气的关系,栽培出以茎用莴苣为主的莴笋;在欧洲,则出现了叶用型的莴苣,鲜美松嫩,适于生吃。一盘用橄榄油调和的沙拉里如果没有生菜,那还能叫沙拉吗?

生菜在近二十年前才传入中国。好玩的是,生菜这个名字不是随之传入的,

葱油莴笋丝

莴笋去皮，切成细丝，用盐码上二〇分钟，挤去水分，撒上葱花，浇上滚油即可。

豆酱拌莴笋

莴笋去皮，切成刀块，用盐码上五分钟，挤去水分，拌上黄豆酱即成。

莴苣在很早之前就被叫作生菜了。清代顺治年间的《招远县志》里说生菜即莴苣，招远在今胶东半岛。在清末，广东某些地区有一种风俗，无法生育的已婚妇女会去莴笋地里偷取莴苣叶子生食，取"生"之意，这恰好和五千年前埃及人的莴苣崇拜以及莴苣姑娘的故事不谋而合——虽然古埃及人祭拜莴苣是取象形，清末粤妇生食生菜是取谐音。要说莴苣折断流出浆汁这一现象中国人也不是没有注意到，不过我国人民比较纯洁，觉得莴苣的浆汁像乳汁，因此判定它有通乳的功用，验方里就有"产后无乳，用莴苣三五枝煎服，立下"之说。

莴笋的茎鲜食生津爽口自不必说，做成莴笋干也别有风味。现在我们去吃火锅，有的店里菜单上有"贡菜"一味，便是莴笋干。但这种莴笋干不论是从形还是味，都已经没有莴笋的特质了。

南京有一种莴笋干，还保持着莴笋之形和莴笋之味，名叫莴笋圆子。张爱玲

《半生缘》里写世钧回南京看望父亲，住在父亲姨太太的小公馆里不过一天，他母亲就送菜来了，是素鹅和莴笋圆子："这莴笋圆子做得非常精致，把莴笋腌好了，长长的一段，盘成一只暗绿色的饼子，上面塞一朵红红的干玫瑰花。"

我一直想盘成饼子的莴笋圆子是什么模样，直到看了民国时期南京人夏仁虎的《岁华忆语》才知道端的："以莴苣盐渍晒干，卷若钱大，曰莴苣圆。"那么推想起来，这莴笋圆子大约有点像蓑衣黄瓜吧，把长长的莴笋用蓑衣刀法切开，用盐腌过，晒干变小，脱水变软，才能卷成一个饼子。

莴笋叶在四川和重庆，还有另一大用途，就是煮面。四川的面或者重庆小面，除佐料丰富外，少不了的是几片蔬菜叶子，早春是豌豆尖，夏天是藤藤菜（蕹菜），其余大多数时间，都是莴笋叶打主力。一碗小面里若是没有这几片又青又脆的莴笋叶子，就不是一碗合格的重庆小面。

波棱称珍

汤之鲜者，本地名菜"腌笃鲜"为其一，用排骨或剥皮蹄膀，加火腿或家乡咸肉清炖两个小时，再放入嫩笋煲半小时即可。笋之选用，冬天的冬笋甚好，春天的竹笋更佳。竹笋在浙东浙南称为雷笋，惊蛰之后春雷响过，这时候长出的笋脆嫩鲜美，因此叫雷笋。

汤之清者，菠菜豆腐汤为其一。真正清汤寡水，少油无盐，吃的就是一个清爽。过节吃多了肥鸡大肉，想清一下肠胃和味蕾，煮这个汤保准没错。这也叫"金镶白玉板，红嘴绿鹦哥"，来历就不用提了，左不过和中华美食代言人乾隆皇帝下江南有关。我相信自从菠菜进入中国，以国人之擅做会吃，菠菜豆腐汤迟早要发明出来，各地都有，不独镇江农妇会做。也许缺少的就是那点雅谑，"红嘴绿鹦哥"确是美称，与此

菠菜为藜科菠菜属植物,原名菠薐或菠稜菜,原产伊朗,我国普遍栽培,为常见的蔬菜之一。

相似的"红根菜"或"赤根菜"就少了许多谐趣。

菠菜叶深绿根淡红,过冬的菠菜经春,根为赤红,叫赤根菜。到了夏天,菠菜长老,碧叶尖细,根为深红,又叫火焰赤根菜。话说火焰赤根菜这名字也不错了,但比起红嘴绿鹦哥,还是缺了三分文采。

春夏的菠菜软糯,冬天的菠菜经霜之后回味甘甜,都很好吃。做法不少,焯水切碎和泡发的金钩(干虾米)拌匀,用面皮包起来再擀成薄薄的圆饼,放平底锅用少许油烙熟,叫合子,佐小米粥再好不过。这个合子因菜而名,放韭菜就叫韭菜合子,放苋菜就叫苋菜合子,放菠菜就是菠菜合子。要是谁家主馈者特别会做,不怕麻烦,这天又心情舒畅,做上三样也不稀奇。就像会包饺子的人,通常吃饺子那天会撸起袖子大干一场,虾仁三鲜馅、鸡蛋韭菜馅、茴香猪肉馅,这都不算啥,连《我爱我家》里一向只动嘴不动手的贾志新都能一个人包一桌子。

菠菜除了煮豆腐汤，凉拌是最简单的。菠菜焯熟切寸段，北方加芝麻酱或蒜汁，或者和熟花生米同拌；南方喜欢用酱油麻油拌，要卖相好就撒点炒熟的白芝麻。另有一法，是从荠菜拌香干那里借来的，菠菜焯熟挤干水分切碎，加香干末拌匀，调料用盐和麻油足够。这个菜在摆盘时要讲究一下，即使在家里做，也最好先用大碗拌好菜，再换到一个口小而底尖的碗里，压紧，倒扣在盘子里，呈塔形，为的是好看。拌一个菠菜要换三个碗，不嫌费事。

菠菜的叶子是浓绿色，叶嫩汁多，易出水，这让它有了另一个用处，取色。喜欢动手做饭的人有时候是真不怕麻烦，同样包个饺子，为了好看，会把菠菜叶子煮过拧出汁来和面，得到绿色面皮；又把胡萝卜煮熟后榨汁用来和面，得到黄色的面皮；甚至把紫甘蓝煮出紫色的水来和面，为的是包出紫色的饺子。平平常常的饺子，经这么一番倒腾后，一锅出来五彩缤纷的，煞是好看。

夏天呢，就做手擀面。菠菜叶子煮过挤出汁和了面，擀成一张薄而大的面皮，抹上干粉，折叠起来，细细切作丝，抖开就是面条。夏天吃过水面，不知是心理因素还是本来就是这样，总觉得手擀面要比切面饺皮店卖的机器切面要滑溜许多。这种翡翠样碧绿的菠菜面不单中国人喜欢做来吃，世界上另一个喜爱吃面的国家意大利也有菠菜意面，做法完全一样。意面用的是硬质小麦面粉，面硬嚼劲足，我国市售的标一粉要软和许多，这在吃口上有了根本的区别。后来我读到杜甫的《槐叶冷淘》诗，"青青高槐叶，采掇付中厨。新面来近市，汁滓宛相俱。入鼎资过熟，加餐愁欲无。碧鲜俱照箸，香饭兼苞芦"，就想菠菜面跟这诗里写的一样啊，不过是染绿面条的食材选用的是菠菜而已。

杜甫那时候，菠菜已经来到中国了，估计时间太短，还没有大规模推广开来。在他去世的前两年，刘禹锡出生，这位因咏了两首玄都观桃花诗就一再遭到贬谪的几州刺史,后来做过太子宾客,他的集子就叫《刘宾客文集》,里面有一篇记录了菠菜的来历:"菜之菠棱者,本西国中,有僧自彼将其子来,如苜蓿、蒲陶,因张骞而至也。绚曰:'岂非颇棱国将来,而语讹为菠棱耶。'"后世便照此说,认为菠菜是颇棱国的和尚带来的,本叫颇棱菜,久之讹为菠棱菜。既然是菜,当为草本,按中国造字的习惯,于是写作菠薐菜;再简称,便是菠菜了。

这个名称的演变过程没错,只有来历有出入,当时献菜的是泥婆罗(今尼泊尔)人。《唐书》有载:"太宗时,泥婆罗献波棱菜。"据《新唐书·泥婆罗传》的记载,当时泥婆罗献菜的不是僧人,而是使者,献的菜也不止一种:"二十一年,遣使入献波棱、酢菜、浑提葱。"因唐太宗把文成公主嫁给了吐蕃王松赞干布,中原和吐蕃的交通变得相对便利,同时松赞干布又迎娶了泥婆罗的尺尊公主,泥婆罗和大唐成了姻亲。泥婆罗来献菜种,正中食菜之国皇帝的下怀,我们的餐桌上从此多了菠菜、榨菜和洋葱。

泥婆罗现译为尼泊尔,《册府元龟》译作泥钵罗。至于波棱,美国劳费尔博士(Berthold Laufer)在其著作《中国伊朗编》里说,汉语的菠棱也许代表某种印度方言的译音,在印度斯坦语里菠菜叫作 palak;尼泊尔人从印度人那里得到菠菜和名字,原封不动把名字转述给了中国人;中国人依其发音记为菠棱,进而附会出颇棱国来。

到宋朝时,菠菜就很常见了,有许多咏菠菜的诗,一看即知菠菜已是平民菜,谁都吃得起。苏轼写春菜,说:"北方苦寒今未已,雪底波棱如铁甲。岂如吾蜀富冬蔬,霜叶露牙寒更苦。"大雪覆盖的菠菜硬如盔甲,他想念蜀中的蔬菜,经冬更肥嫩滑润。他过过好日子,吃过好东西,他儿子苏过就比较惨,一直跟着他东贬西谪,日子清苦。在他眼里,父亲嫌弃的菠菜就是好东西了。他和朋友一块儿吃菠菜粥,说"藜苋从来诳空腹",又说"波棱登俎称八珍",灰灰菜和苋菜

灰灰菜摘去老根，洗净，烫熟，切碎，加油盐拌匀即成，也可卸入鸡蛋同拌。

凉拌灰灰菜

灰灰菜原名藜，古时称灰藋，藜科藜属一年生草本植物。幼苗可作蔬菜用。

灰灰菜

都是骗骗肚子的，越吃越饿，只有菠菜粥堪果腹。

菠菜原产地是伊朗，也就是古书上说的波斯。菠菜显然是先从波斯传到了印度，再从印度传到尼泊尔，才被尼泊尔人带来了大唐。这一点明朝人不知从哪里知道的，《群芳谱》里说："菠菜，一名菠薐，一名波斯草，一名赤根菜，一名鹦鹉菜，出西域颇陵国。"王象晋已经管菠菜叫波斯菜了，还要强调出自颇陵国；鹦鹉菜这个名字这时候已经出现了，后来的红嘴绿鹦哥原来是学舌呀。

在我小时候，大人们说菠菜含铁，多吃不会贫血，但小孩子们都不喜欢。我不喜欢是觉得菠菜发涩，吃了连牙齿都木乎乎，不光滑；我先生说他也不喜欢吃菠菜，嫌菠菜根甜。菜根发甜，不吃菜根不就行了嘛，但大人偏认为菜根最有营养，硬逼着小孩子吃。我要到成年后自己做饭，多看菜谱，尝试把菜做得好吃之后才爱上菠菜，方法不外乎前面写的几种。菠菜要好吃也很简单，只需要焯一下水，去除一部分草酸，涩味就没有了。

在中国孩子被逼着吃菠菜时，欧美的孩子同样在受着这样的教育。欧美人研究出，菠菜含铁量是所有蔬菜中最高的，编造出了这个现代童话。1870年，德国化学家 Wolf 最早提出菠菜中的铁含量与牛肉相当，漫画家 Segar 灵机一动，在 1929 年创造出了大力水手这个漫画人物。他遇到危难时飞速吞下一罐菠菜罐头，马上变得力大无比，打败敌人，救下女友，惩凶除恶，逢凶化吉，遇难呈祥。其影响之大，使得菠菜罐头的销量在 20 世纪 30 年代足足增长了 33%。

很快，有科学家发现，菠菜的含铁量每 100g 仅 2.7mg，即使是干菠菜，100g 里也只有 35.2mg 的铁，但这个数字仍然比一般蔬菜的含铁量要高。吃菠菜不能补铁的原因是它富含草酸，草酸能与多种矿物质结合影响铁的吸收。要想改善缺铁性贫血，最靠谱的方法是吃牛肉、猪肝和鸡肝。但菠菜也不是一无是处，它的维生素 B 和 β-胡萝卜素的含量大大高于别的蔬菜，多吃仍然有益。

至于有人说菠菜豆腐汤会影响豆腐中钙的吸收，还会造成肾结石，就是谣言了。菠菜的问题在于一是亚硝酸盐的含量比较高，二是含嘌呤，中国古代医书上说多吃菠菜会腿软腰痛脚弱不能行，显然已经观察发现菠菜的高嘌呤导致的痛风症状。对付这个问题也很简单，切掉菠菜的红根，只食叶子和梗，做时先焯水，就可以把亚硝酸盐和嘌呤含量减到最低。

不知道为什么，德国人和美国人会对菠菜这么感兴趣，又是研究又是漫画的。我小时候看到大力水手吃罐头菠菜还好奇过一阵，以为很好吃，又奇怪为什么像菠菜那样嫩得洗一洗都要担心洗烂叶子的绿叶蔬菜要做成罐头食品。在我的知识体系里，罐头食品要么是午餐肉和豆豉鲮鱼，要么是糖水橘子和番茄酱，菠菜罐头干什么用？像大力水手那样空口吃？又不是婴儿，需要吃菜泥。有一回看英国名厨 Jamie Oliver 的美食烹饪节目，他在里面自豪地说英国四季分明，令蔬菜有足够的时间孕育风味；英国有好吃的露笋和扁豆，美味的土豆泥和菠菜泥……我就想，美味的菠菜为什么要做成泥？再好吃的菠菜制成菜泥也有一股菜腥味。

  上海本地的小菠菜干而老，叶短而小，清炒发涩，我不怎么喜欢。勉强要做好，也就是与干虾米凉拌；还有一个做法是炒面，煮至八成熟的粗面条，加酱油炒上色，临出锅时加一把小菠菜，炒面里的菠菜再多都不嫌多。相比起来，北京的尖叶长秆大菠菜清炒也很好吃，煮面撒一把菠菜叶，增添不少香气。近来从日料店里学来一个做法，用培根炒菠菜：培根用小火煸出油，煸得微微有些焦脆；油多一些，放焯过水的菠菜段翻匀即出锅，可加少许炒熟的白芝麻增香。

我先生和我结婚前,很多东西不吃,比如鸡。我婆婆的说法是,家里以前养了一只大公鸡,养得高大肥壮,长得神完气足,就像儿歌里唱的:"公鸡公鸡真美丽,大红冠子花外衣。油亮脖子金黄脚,要比漂亮我第一。"这只鸡在家里地位超然,从小公鸡长成大公鸡,每天就等着我先生放学回家和它玩。一个七八岁的小孩和一只七八斤重的大公鸡成了朋友,有时候挨坐在一起看天,有时候也斗。到了年下,家里大人准备把这只鸡宰了过年。我先生正好放学回家,抱起鸡就奔上楼,不许杀。大人再抱下去,他再抱上楼。如此两三次,终于没拗过大人。鸡还是被杀了,烧了一大锅,他一块没吃。

我听后大为震惊,拔高了声音问:"你居然放着红烧鸡不吃——在配给供应的年代,一年也吃不上一回鸡的岁月?你太让我敬佩了。"他白我一眼,不理睬我的戏谑。后来他说:"没有他们说的那么夸张,是有那么回事,但不是我不吃鸡的原因。"我问:"那是什么?"他说:

花椰菜

"做得不好吃。"以前鸡吃得少,为了补充营养,一般都买母鸡炖汤。鸡肉没味道,就蘸酱油吃。

我先生跟我在一起后,吃东西没那么挑了,什么都吃。有一回,我买了棵花菜,掰成小朵,摊开晒了半天,再用香肠炒得油亮干香。他觉得很好吃,第二天又去买。下班快收市的时候,鲜灵大棵的花菜都被人挑了,剩下几个拳头大小的,他给包了圆儿。

把花菜晒蔫后,用香肠熬出的油慢慢炒,把香味炒进花菜里,喷点黄酒增香,淋点生抽上色;吃完后盘子底只剩薄薄一层油光,没有汤汤水水,当然好吃。后来流行的干锅花菜也是这样的做法,餐厅里自然不会有晒蔫这一步骤,味道还差几分。

卷心菜　西兰花

花菜是这样，卷心菜也是这样，手撕包菜若是用酱爆，见油不见水，也好吃。卷心菜本身微带甜味，用点豆酱炒，豆酱咸而鲜，正好中和一下卷心菜的甜腥；或者像川菜里的回锅肉，加郫县豆瓣酱炒，更是高妙。我平生吃过的最好吃的卷心菜，便是在四川一个小城的街头菜馆里，由一个乡场上的老厨子炒的回锅肉。这盘回锅肉不是用青椒配菜俏色，而是加了随手掰成几片的卷心菜，和几段青蒜叶。冬天的卷心菜脆嫩多汁，乡场的回锅肉肥多瘦少，熬出大量的肉油，炒得豆瓣油红鲜亮。这时候再下卷心菜，油和酱浓浓地裹住了菜里的水分，不好吃都难。

之所以把花菜和卷心菜放在一起说，是因为它们都是甘蓝类蔬菜。此外，青绿色的西兰花、紫色的紫甘蓝、乒乓球大小的抱子甘蓝、粉绿色的苤蓝、形状奇特的罗马花椰菜，还有冬季城市街头的地被植物羽衣甘蓝，都是甘蓝家族的成员。罗马花椰菜最让人称奇，花蕾以正螺旋方向排成一个个小圆锥形，呈现出完美的自相似几何形状，这种斐波那契数列的美，让人惊叹。羽衣甘蓝颜色美丽、叶片多变，同样极具美感。这两者已经脱离蔬菜的行列，成为美学上的奇观了。如此，甘蓝类蔬菜能不让人垂青吗？

甘蓝为十字花科芸薹属二年生草本植物，英国及地中海地区有野生群落，我国各地均有栽培，名称各异，有卷心菜、包菜、洋白菜、圆白菜、疙瘩白、大头菜、包心菜、莲花白、包包白、椰菜等名。

其他成员还有相似之处，苤蓝就有点另类了。它独树一帜，独来独往，既不像卷心菜只长叶子卷成一卷，也不像花菜顶着个硕大的花球引人注目，而是把茎膨大成扁圆的球，远看像萝卜，近看像芜菁。名字也怪，叫苤蓝，叫擘蓝……

苤蓝的吃法比较简单，通常都是切成丝用盐稍腌，挤去水加点糖，或者少许的酱油或醋，再搁点芝麻油或花椒油，凉拌了吃；或者炒肉丝。

甘蓝不是中国原产，这种十字花科芸薹属的蔬菜原产于欧洲，从地中海到北海都有，明末清初的大儒王船山在其著作《诗经稗疏》中说：

别有甘蓝，其叶长大而厚，经冬不死，开黄花，煮食其叶，甘美。……贾思勰曰"蓼中之虫，岂知蓝之甘乎"，此蓝是也。

如果贾思勰说叶子甘美的蓝指的就是甘蓝,那么甘蓝早在一千五百年前就在中国大地上引种成功了。

这个时候的甘蓝是不结球的,接近于野生状态,叶子散生,长大而厚。野生甘蓝在从地中海到北海的整个北方欧亚大陆都有分布,十六国时,随着北方草原民族的频繁南下,甘蓝也被带了过来。汉人依照自己的命名习惯,把这种味甘叶蓝的蔬菜叫作甘蓝,初时种在北方。南北朝刘宋人胡洽说:"河东陇西多种食之,汉地少有。"

相比芥菜的辛辣,这种带甜味的蔬菜想必让当时的人印象深刻。甜味一向受人喜爱,对甜食的向往是每个人都克制不住的。我做白菜卷,有时会把大白菜叶子换成卷心菜叶。整颗卷心菜小心剥开,一张一张开水焯软,摊开铺平,用擀面杖擀一下凸起的叶脉,包上调好味的肉馅,卷成卷,摆放在浅口的汤锅里,加水煮开。汤里加一点盐就足够,可以放点胡椒粉或几粒花椒。这个时候喝汤,可以尝出明显的甜味来。

与甘蓝的足迹是从北而南不同,稍后的茎蓝(擘蓝)是从南而北传入。明万历年间王象晋《群芳谱》上说:

擘蓝一名芥蓝,芥属,南方人谓之芥蓝;叶可擘食,故北人谓之擘蓝。

现在我们管一种叶子蓝莹莹的芥菜叫芥蓝,茎部膨大的甘蓝叫茎蓝(擘蓝),但在当时,这两个名字指的是一种蔬菜。也只有这样,苏东坡说的"芥蓝如菌蕈,脆美牙颊响"才解释得通。茎蓝(擘蓝)丝可不就是脆生生的,嚼在嘴里咯吱作响,换成芥蓝,就没有这样的音响效果了。

花椰菜

茎蓝

明末天启年间的科学家徐光启是上海人,徐姓家族聚居的地方就叫徐家汇。徐光启的《农政全书》里记录了擘蓝,并表示不解地说,大多吃根的菜,比如萝卜、芜菁,膨大部分都在土中,而擘蓝的膨大部分则在土上。他注意到了这两者的区别,却没注意擘蓝的叶子长在膨大部分的周围,而萝卜、芜菁的叶子长在其顶心,这是因为萝卜、芜菁的膨大部分是球根,而擘蓝的则是球茎。

甘蓝得名一个"甘"字,是因为叶子带甜味;而得名"蓝",是因为叶子像菘蓝。古代染色剂多从植物中提取,能够为靛的植物有多种,常用的有五种:蓼科的蓼蓝、十字花科的菘蓝(又名板蓝,根为板蓝根,可入药;叶为大青,可染色和入药)、爵床科马蓝、豆科木蓝、菊科吴蓝。甘蓝后来加入"蓝字阵营",同样是因为叶子可提取靛青。这种菜远看就有些蓝莹莹的,实际上也确实富含花青素,所以才有紫甘蓝和紫花菜,以及羽叶甘蓝颜色的丰富多变。

用甘蓝染出的蓝色叫"竹根青"。这种颜色清末时还有,张爱玲《金锁记》里,男主角三爷姜季泽初上场，梳着一根三股油松大辫，穿一件竹根青窄袖长袍。

结球型的甘蓝来得稍晚，和花菜一起出现在民国文人的笔下，时任商务印书馆编纂的徐珂在其著作《清稗类钞》里说：

> 椰菜，俗称卷心菜，为甘蓝之变种，欧洲种也，近移植于沪。其叶层层包卷，成球形，色淡绿，曰球叶甘蓝，俗又称包心菜。又有一种亦欧洲种，而沪有之，开花甚多，花茎、花蕾皆可作蔬，曰球花甘蓝，别称花椰菜，俗名花菜。

我们吃卷心菜和花菜的历史不过百十来年，吃甘蓝、芥蓝（擘蓝）有一千年了。现在的字典上，芥字只有一个读音。但在以前，它却是个多音字，和蓝字组合成芥蓝时音同盖，因此芥蓝也写作盖蓝。上海话里，芥蓝和橄榄发音相同，于是菜市场的牌子上都写作"橄榄菜"。

广东地区栽培芥蓝最广，且培育出专吃叶子的和专吃秆子的品种。去粤菜馆点一盘白灼芥蓝，端上来的多半是粗如拇指的芥蓝梗茎，清爽细嫩，只加点生抽就很好吃。上海人说的橄榄菜是专吃叶子的，其茎细如麦秆，叶子卵圆形，切两三寸长的段，加蒜蓉清炒或白灼。

芥蓝以前被分在芸薹属下，没有归入甘蓝家族。现在分子生物学兴起，科学家们发现芥蓝和甘蓝有着高度的亲和性和相似性，基本确认芥蓝是甘蓝的变种。它很早之前来到南粤地区，在华夏族这个食菜民族的努力下，变成了如今这样顶花带芽的鲜嫩蔬菜，与甘蓝、擘蓝、卷心菜和花菜截然不同，拥有独自的全新面貌。唯一不变的，是基因里的蓝色。所有的甘蓝菜叶子都是蓝莹莹的，这也许就是它们的遗传密码。所以，它们踏上各自不同的漫漫长路，走了几万公里，北上的北上，南下的南下，还有跨海而来的，如今相聚在一起，还叫同一个名字：甘蓝。

蕹菜春生

关于空心菜,最知名的故事出自《封神演义》:纣王、妲己和比干。我小时候也听妈妈讲过。现在想想,大人们讲故事只求新鲜离奇,完全不考虑是不是限制级,过于血腥的内容是不是适宜讲给儿童听。它们似乎觉得只要是故事,都可以在夏天的晚上摇着蒲扇讲出来。这一现象古今中外莫不如此,西方的格林童话、安徒生童话同样血腥没底线。好在大多数小孩子神经粗大,血腥恐怖的内容听完自动过滤,没被吓得睡不着觉,或是睡着了做噩梦,而是按照大人的暗示,只记住有趣的部分。

这个故事吸引人的地方不在狐狸变的妲己敲骨验髓、剖腹验心,而是空心菜和空心人的名词关联。小孩子一听,对呀,空心菜能活,空心人为什么不能活?为什么世上有空心菜,就没有空心人呢?何况空心菜

蕹菜，又名通菜、空心菜、蒜菜，旋花科番薯属一年生草本植物，蔓生或漂浮于水，茎圆柱形，有节，节间中空，节上生根。原产我国南方，中部及南部各省常见栽培，有时逸为野生。

是多么熟悉的东西，晚饭时刚吃过呢。最熟悉的东西出现在故事里，本身就带有天然的吸引力。

空心菜是我喜爱的蔬菜，夏天除了各种瓜果就数它吃得多了，清炒空心菜、蒜蓉炒空心菜、干辣椒炝炒空心菜、凉拌空心菜、空心菜梗炒毛豆、空心菜梗炒肉末、空心菜梗炒豆豉、皮蛋上汤空心菜……空心菜大众、平民、价廉、物美，是生活中常见的东西。市井骂人，谁一贯占强掐尖捡便宜，也许就会被骂作"吃白菜要吃心心，吃空心菜要吃尖尖"。

空心菜别名很多，无心菜、通心菜、通菜、藤菜、藤藤菜、蕹菜、瓮菜等，正名是蕹菜。空、通、无、藤，都是说它植株的形状：中空有节，如竹如藤。它节上生根，因此又有虎须菜之名。传说这种蔬菜产自海岛，用瓦罐大瓮装之而来，便被命名为瓮菜。古时瓮字作甕，因是蔬菜，去瓦加草字头，作蕹字。另有一种说法是，蕹菜中空有节，节上有须，摘节为苗，壅土即活，所以叫蕹菜。

蕹菜之名，出现得很早，西晋嵇含的《南方草木状》就有记载了。嵇含说：

> 南人编苇为筏，作小孔浮于水上。种子于水中，则如萍根浮水面。及长，茎叶皆出于苇筏孔中，随水上下。

嵇含是世家子弟，他的叔祖父就是"竹林七贤"之首的嵇康。嵇含宦游南方多年，记录了当时江南、华南不少地方的风物。现在要考据南方植物，也多要依靠他的这本书去求证。

嵇含说当时南人编苇为筏，种蕹其上，这种方式，现在在东南亚一些城市仍能看到。去泰国、沙捞越、巴厘岛旅游，走进河汊密布的旧城老镇，河道船屋餐厅的周围都有蕹菜筏子。有客人来点，随手刈一把，清水一冲，下锅就炒，虾酱鱼露一淋，生嫩鲜美，咸香下饭，南国一景。

空心菜广东尤多，当地习惯叫通菜。腐乳红椒炒通菜，在哪个粤菜馆里都能吃到。

嵇含在书中还说：

> 冶葛有大毒，以蕹汁滴其苗，当时萎死。世传魏武能啖冶葛至一尺，云先食此菜。

这里说的冶葛就是钩吻，马钱科葫蔓藤属植物，有大毒；分毫入食，必死无疑。2012年，有一则新闻轰动一时。广州某富翁荣某在吃火锅后死亡，经公安局调查取证后宣布，荣某确属中毒身亡，投毒者是与荣某一起吃火锅的黄某。黄某因经

蕹菜

济纠纷动杀机，在火锅中放入了断肠草——这个武侠气十足的断肠草便是钩吻。

钩吻之毒，《本草》说可用羊血、土浆来解，嵇含又说可用蕹菜来解。原来武侠小说中的毒药，解药古书上都有。嵇含又说魏武帝曹操可以吃一尺钩吻，是因为先吃了一盘炒通菜。你信吗？曹操没事为什么要去吃钩吻？他明显是知道钩吻有毒的，因为事先已经吃了空心菜。他这么做的目的，是为了吓唬谁还是吃给谁看？难道也有纣王妲己之类的人要害他，而他迫于形势不得不吃？他知道钩吻有毒而不得不吃，所以事先吃了空心菜解毒，谁是这个背后高人？而且嵇含是到了广州才认识空心菜，特此记录在书中，曹操为什么已经吃过了？只能有一个解释，这一段是后人伪托。据说此书早已佚失，现存各段都是从别的书中缉来，原书所记只有九种植物，显然，蕹菜不是这九种之一。

空心菜在宋朝《清异录》里已经发展成可解一切毒了："蕹菜出闽中，凡百毒悉能解之。"清代福州西湖产空心菜，孙尔准有《青玉案》词咏之云："冶城西畔明湖绕，向镜里、移兰棹。蕹菜沿流紫荇藻，并刀剪罢，翠钗丁倒，凉月浮波小。"写蕹菜的诗词不多，特录之。

  2015年,有一部日本治愈系森女电影《小森林》在网络上走红。新生代演员桥本爱饰演片中女主角市子,一个人住在北海道的小森村里,种地,垦荒,摘果,采集,过着传统农业社会的生活;从夏到秋,从冬到春,日出而作,日落而息,依时而食。

  电影分夏秋篇和冬春篇。夏天开始,天气闷热,屋子里湿度大,家具摸上去像在出汗。市子捅开铁炉子烤面包,面包烤好,潮湿的屋子也被烘干了;酿酸米酒(就是甜酒酿),做好后放进冰箱,冷藏之后喝,酸酸甜甜,清凉透心——前面薄荷篇里说我国古代夏天有"六清"水,甜酒是其中之一,这个食俗,日本倒还保留着。秋天了,她摘胡颓子熬果酱,自己调制伍斯特沙司,采楼梯草拌味噌,采收亲手种植的番茄做成番茄酱，采自然成熟的八月札，吃里面包裹果实的果浆。

　　冬春篇里，她做南瓜蛋糕，做纳豆糯米饭团，晒萝卜干、柿子干，新年前煮各种红豆点心吃，天冷了煮揪面皮汤。不经意间，楤木的梢上发芽了，雪下还有蜂斗菜的花蕾，这都预示着春天马上就要到来。她采下楤芽和蜂斗菜花蕾炸天妇罗；野蒜也长出嫩苗了，做个意面；雪水融化，小溪淙淙，水边豆瓣菜长得茂盛，采一把回去做土豆沙拉。

　　电影中出现的豆瓣菜，字幕组翻译成了水芹，这是不对的。镜头扫过的植物，日文汉字写作"和兰芥子"或"荷兰芥菜"，中文名为豆瓣菜，也叫水田芥，广东俗称西洋菜。若是去粤菜馆吃饭，在菜单上汤类一栏里可以看到西洋菜煲鸭肾汤，就是这个东西了。

　　日本人受荷兰人的影响很大。豆瓣菜是在明治初年进入日本的，最早是作为留在日本的欧洲人的食材输入，慢慢遍布日本列岛，连北海道的山林里也有了。豆瓣菜在各地逸为野生植物，在溪沟水渠里野生野长，无所约束，被视为杂草。山林溪沟里，豆瓣菜长得鲜灵灵的，市子姑娘在早春时节采来生吃，是再好不过的了。

　　老欧洲的田野上曾经有很多的豆瓣菜，法国19世纪唯美主义诗人戈蒂埃有诗描写过："在竖耳听动静的鹿，饮水处的水田芥上，他用手正隐而不露，剥落铃兰的银铃铛。"

　　水田芥就是豆瓣菜，十字花科豆瓣菜属植物，欧洲人长期食用，吃法不外乎采嫩叶来拌沙拉，或者和松子、橄榄油一起捣碎成酱，做成豆瓣菜青酱。豆瓣菜青酱和罗勒绿酱齐名，拌意大利面一流。

　　英伦三岛上也有豆瓣菜。靠多佛海峡的汉普郡的地层多白垩岩，白垩岩表面有无数的小孔，底下储存大量的雨水，成为蓄水层。地下水会在地势低矮、岩层薄的地方冒出来，透过白垩岩的层层过滤，汇成清澈的溪流。由于溪流是从地下冒出来的，一年四季都保持在10摄氏度左右，这让豆瓣菜找到了最适宜生长的地方。豆瓣菜对英国人来说是最早的优质蔬菜，水在渗透白垩岩冒出时带出了岩石中的矿物质和微量元素，豆瓣菜吸收了水里的营养，所含的钙质比牛奶还多。

汉普郡的豆瓣菜有名还在于它是最早的快餐食品。维多利亚时期，汉普郡通了火车以后，运送豆瓣菜的专列一天能运输十四吨到伦敦。四个小时后，豆瓣菜就出现在工人的三明治里。当时，这里的豆瓣菜种植面积曾经达到一千英亩。随着运输业的飞速发展，世界进入全球化时代，更多更便宜的蔬菜被运送到英国。20世纪七八十年代后，汉普郡的豆瓣菜销量大跌，种植面积也随之萎缩，近年来才略有恢复。但豆瓣菜的价格一直很高，住在英国的朋友回广州过春节，大吃猛吃家乡菜，有一顿去吃椰子鸡火锅，占便宜似的吃了很多西洋菜，说至少吃了10英镑的。

水田芥的"芥"字，是说它含芥子油，有一种芥子特有的辣味和香气，捣碎尤为浓烈，拌意面十分香辛开胃。广东地区用它来煲汤，一煲两三个钟头，鲜绿的菜叶和陈鸭肾、生鱼、鱿鱼干等一起煲得面目全非、浓棕酱黄，再无一点青翠碧绿的感觉，那点美妙的清新芥辣之气也早被文武慢火煨滚消失在汤中，蛮可惜的。

香港、澳门是中国最早种植西洋菜的地区，澳门人管葡萄牙叫西洋，西洋菜之名就是这么来的。老作家叶灵凤寄寓香港三十多年，对香港非常熟悉，写过《香港方物志》，有一篇专门介绍香港的西洋菜。他说外江人初到香港，没有三五年的时间，很难接受西洋菜一物，自己反正是遇人就要介绍一番，说这是个好东西。

香港由于地理原因，天气炎热，西洋菜一年四季都有供应。但要论最鲜嫩肥美的季节，还是初冬到春末一段气温较低的日子，这和《小森林》里市子姑娘在初春采摘新生的第一批嫩叶拌沙拉不谋而合。在叶灵凤生活的年代——20世纪中

豆瓣菜，又名西洋菜、水田芥，为十字花科豆瓣菜属多年生水生草本植物，欧洲、亚洲及北美均有分布。

叶，香港政府和西洋菜种植户展开过长期的拉锯战。最好的"白骨西洋菜"是水生品种，需要大片的水塘，但水塘必定滋生蚊虫，卫生部门勒令菜农不得在水塘种植西洋菜，水塘必须喷洒杀虫剂。而菜农为争取自己种菜的权利，一定要水培西洋菜。多次请愿后，两方都各退一步，菜农缩减西洋菜水田的面积，后来又逐步改种旱地西洋菜，但旱地西洋菜总不及水田西洋菜水嫩清鲜也是不争的事实。

现在香港旺角最热闹的电器街，是赴港旅游购物的内地游客必去的地方。这里有一条街的名字就叫西洋菜街，最早的时候，就是一处种植西洋菜的农田。旁边还有通菜街（女人街），那里曾是种通菜（也就是空心菜）的农田。当游客在旺角电器街林立的商铺里看着电子产品和摄影器材，在莎莎和卓悦买着化妆品，在街边食肆买一份牛丸汤或鱼蛋粉，或者义顺牛奶公司的冷冻双皮奶，看着街角竖着的"西洋菜南街"的路牌，能联想到的是王家卫的电影《旺角卡门》，也不知是不是有思维的余地想得起这里原是香港的菜田，种植着大片的水生西洋菜。真是沧海桑田。

叶灵凤在文章的最后说："有一个故事，说西洋菜是由一个患病的船员从一座无人的孤岛上移植来的。因为这个人患肺病，一人留在岛上，吃了这种野生的'水草'居然不死，后来便将它移植到澳门，所以名为西洋菜。"

这个故事还真是真实的故事。故事的主角名叫黄泊生，两百多年前在葡萄牙做生意，得了肺病。在当时，所谓的治疗也就是隔离而已。黄泊生被隔离在一处偏僻的地方，无医无药无食。饿得受不了的时候，他就采摘地里野生的豆瓣菜吃。过了一阵，肺病慢慢好了。当地政府听说后，便重视起豆瓣菜来了，民众纷纷移植引种。再后来，豆瓣菜随着海员和商人的足迹，遍布全世界。

美国也种豆瓣菜，并且是水培。他们种在大桶里，采收嫩叶和嫩茎，生拌凉食。中国北方引种的是欧洲大叶旱生品种，和广东地区常见的水生小叶品种不一样。我对粤菜馆里煮得灰黄软烂的西洋菜没多大兴趣，或者说，我对所有把新鲜绿叶蔬菜煮得发黄软烂的做法都不感兴趣。煮蔬菜汤，最多像菠菜豆腐一样，一滚即起，菜还是绿的。蔬菜吃的就是鲜嫩水灵，煲汤尽可以用菌菇菜干、冬笋竹笋、萝卜莲藕等物，有的是可以长时间煲煮的蔬菜，大可不必浪费新鲜的绿叶菜。西洋菜最好的做法，要么生拌，要么快炒。用蒜蓉清炒西洋菜，大火急烹，锅红油烫，炒出来清鲜爽口、芥香美妙。

甜蜜的事业

20世纪三四十年代,在上海的外国人开了多家西餐厅,上海市民从西餐厨师那里学到几样菜,改良之后成为上海本帮菜和城市居民家常菜的一部分。这些源自西餐厅的大菜,流传下来至今盛行的有炸猪排配辣酱油(英国伍斯特沙司)、罗宋汤(俄罗斯红菜汤)、洋山芋小豌豆沙拉和咖喱牛肉汤。张爱玲《桂花蒸·阿小悲秋》里的苏州娘姨丁阿小不知从哪个洋主人那里学会了西式菜,遇上个顶抠门小气的格尔达,一块汤牛肉烧了汤是一道汤,牛肉捞起来煎一煎算第二道菜,女客第一次来还有一道甜菜,第二次来就没有了。

从这篇小说里可以看出,在按户口配给粮食的战争年代,苏州乡下出来帮佣的老式女仆,也学会了几招西式菜的做法,可以糊弄一下洋主人。

罗宋汤是一道学自俄罗斯餐厅的汤。俄罗斯英语为Russia，写成汉语就是罗刹或罗宋。一道合格的罗宋汤需要几样配菜：甜菜根、洋葱、胡萝卜、土豆、卷心菜、带骨的猪肉或牛肉、番茄酱、香叶、盐、胡椒等等。把带骨头的肉先烤熟，放进大锅中加水熬2～3小时成浓汤，汤里放一把香葱结、两片香叶、几粒黑胡椒；甜菜根带皮烤40分钟，削皮切厚片备用；浓汤炖好，骨头捞出，剥下肉切块备用；浓汤过滤，放切成粗丝的卷心菜煮软，洋葱和胡萝卜切丝炒香放进汤中，再放切成块的土豆一起炖，加盐调味；炒甜菜丝，加柠檬汁和番茄酱炒匀，放入汤中继续炖煮20分钟——加柠檬汁是为了固色，加番茄酱是让所有味道融合在一起；关火前放入切碎的大蒜末。

煮好的罗宋汤放到第二天会更好吃，当天要吃，至少放2～3小时，吃时再加热。装盘也有讲究，深汤盘里先放切片的肉，舀几大勺红菜根汤在肉上，撒上罗勒叶末，最后再加两大勺酸奶油。这样一道红菜根汤才称得上罗宋汤。现在上海人家里做的都是改良版，肉用红肠代替，切条炒一下，炒出香味，加大量番茄酱和番茄沙司同炒，加水煮开，放卷心菜丝和土豆条煮黏稠，加盐调一下咸淡即成。上海少有甜菜根出售，人们用这两种番茄酱制品代替，番茄酱有酸味和厚度，番茄沙司有甜味和香草香叶味，这样做出的罗宋汤和原版倒也有几分相似。我偶尔也做做上海版的罗宋汤，冬天吃下去特别暖身。

我妈妈说，三年自然灾害的时候，地里不好好长东西，卷心菜都不卷心了，叶子一片片支棱着伸张着，叶梢微微有些弯曲，就是包不起来，市民管这样的卷心菜叫飞机包菜。那时，有些平时从没见过的菜也被拿来卖，比如牛皮菜。牛皮菜叶子又长又大，叶梗又宽又厚，味道不怎么好，有股浓浓的碱味。它估计不需要多少肥力，成了菜市场里主打的蔬菜，没别的东西可吃，也只能吃它。

甜菜,又名厚皮菜、牛皮菜,藜科甜菜属二年生草本植物,各地常见栽培,作蔬菜和饲料用。

煮牛皮菜有个诀窍,撕去边上的筋,切成段,先用水煮十来分钟,把菜里的碱水味都煮出来,倒去水再用清水漂一下,滤干再炒,就好吃多了。因为有了这个步骤,煮饭的时间就要多花一些。有一天下午,妈妈小组里一个男同事迟到了,影响工作进程,拖了大家的后腿。组长就问他为什么迟到,那同事故意慢吞吞地说:"我在家吹(炊)牛——皮菜。"大家又是好气又是好笑,苦中作乐,笑骂一阵,回家也得和他一样,炊牛皮菜吃。

炊牛皮菜如果油多,也很好吃。它叶梗厚,肉质,煮过之后再炒,有些呈果冻状。浓油赤酱地烹调,或者和肥一点的腊肉同炒,动物油脂浸入牛皮菜的果冻状叶梗里，又香又滑，比肉还肥润美味。我前年冬天在乡场上吃过一次老腊肉炒牛皮菜，农村的老腊肉瘦的少肥的多，肥膘足有四指宽，那牛皮菜是才从地里割下来的，锅烧得发红，火大油热，炒出来好吃得不得了。

可惜灾荒年辰里哪里有这么肥的老腊肉来配牛皮菜，我妈说那时候她吃了不少牛皮菜，吃得走路打晃，看见就想吐。但这菜有个附带的好处，煮完的水极去污。再脏再油的抹布用这种水一浸一搓，马上干干净净，比洗衣粉、肥皂都好用。后来她到农村去支农劳动，才发现人家种了牛皮菜是用来喂猪的，当蔬菜产出不够时，就把喂猪的饲料运到城里去卖给城里人吃。"猪吃什么？"我问。"猪吃泥巴。"我妈说，那时候还有部科教片，教怎样养猪，就有喂泥巴的片段。

上面的内容看上去好似不太相关，但实际上说的是同一种蔬菜：甜菜。罗宋汤要用到甜菜根，牛皮菜就是叶用甜菜。甜菜根是球茎，像个紫萝卜，北京人也管它叫紫萝卜。但它是藜科的，好多藜科植物的叶子都长这样，最知名的是菠菜。

牛皮菜叶子带碱味，甜菜根却是甜的。市面上的白糖来自两种作物，南方的甘蔗和北方的甜菜。南方用甘蔗制糖已有上千年历史。中国旧称甘蔗汁为柘浆，宋玉《招魂》里就出现了；南北朝有人用甘蔗汁做醒酒汤，"泰尊柘浆析朝醒"；唐贞观二十一年，李世民派人去印度学了制糖法，在扬州开了中国第一家蔗糖厂；北宋时，王灼写了《糖霜谱》，这是第一本专讲制糖的教科书。

甜菜的制糖史要晚很多。1747年，德国化学家马格拉夫发现甜菜块根中含有蔗糖；1802年，第一家甜菜糖厂在库内恩建成。机械化制糖技术是从甜菜糖的生产过程中发展来的，后来运用在甘蔗糖的制作上。

甜菜喜欢生长在寒冷的地方，美国、俄罗斯、乌克兰是甜菜主产国，中国北方也产甜菜。甜菜进入中国很早——公元5世纪从阿拉伯传入，只不过那时候它叫莙荙菜。莙是菹草，荙是车前草。看一下植物图鉴，就会发现这两种草有相似

豉椒牛皮菜

之处，均叶长而尖，边缘为波浪形。甜菜刚进入中国时，为它取名的人真是绞尽了脑汁，根据其形，用水中的一种大型的藻和地上一种最常见的草，合起来取名为莙荙菜；又因它的根略带甜味，也叫甜菜。

甜菜根是天然的植物染料，可用于食品染色。有一种蛋糕叫红丝绒蛋糕，便是用了甜菜根的红色汁液来达到深红如丝绒的效果，为了掩盖略带泥土气的甜菜味，加可可粉改善口感。这种蛋糕原是在二战中诞生的，当时物资难得，只好从身边事物中找替代品。有一则旧闻比较好玩，2014年俄罗斯经济下滑，卢布贬值，俄罗斯女人们抱怨买不起欧洲进口的化妆品。俄国西伯利亚参议员伊戈尔·切尔尼雪夫说，没有进口口红的女性照样可以生存，男性喜欢素颜；如果女性真要抹口红，没关系，她们可以使用甜菜根。这人说话太可气了，俄罗斯美女们可以考虑用甜菜根砸他的车子。

与欧洲人不同的是，中国人一直不怎么喜欢甜菜，嫌它甜得不正，用一个浊字来形容它的甜。那当然了，它含那么多碱，能清得起来吗？对甜菜叶子的碱性加以利用，除了煮水洗衣服，夏天还可用来煮粥，粥易烂且解暑热。除了这两桩，

甜菜

甜菜根法式薄饼

甜菜叶几无可用之处。甚至它的栽种方式都让人诟病,有人说它容易种容易活,不用管理,是懒汉才种的蔬菜品种。懒汉这一人群是最让以勤劳刻苦自许的中国农民看不起的。

人们对甜食的喜爱从来不曾变过,有的东西甜中带苦,比如茶叶,苦尽甘来,回味隽永;有的东西甜中带酸,比如李子、梨子,吃了觉得酸爽;有的东西甜中带辣,比如萝卜、芥菜,一口咬下,上下通气,浑身舒畅;有的东西甜中带咸,比如广东的咸橄榄、咸柠檬,回甜生津,最是惹味。只有牛皮菜,甜而涩,怎么都不讨喜。好在后来有人从甜菜中提取出了糖,甜菜顿时可爱了不少。

现在的人都知道甜的东西吃多了牙坏胃酸,百病丛生,但对甜食的嗜好却让人无法却步。蛋糕、巧克力、热可可、加了糖的咖啡,一天不知要吃多少含糖量极高的甜食。我要是能把甜食戒掉,体重可比现在轻二十斤,就能把自己塞进当年那件窄腰身的旗袍里。但是,亦舒师太说得好,人生苦短,先吃甜品。写完这篇文章,我且去吃一大口酥皮拿破仑去。

图书在版编目（CIP）数据

蔬食者 / 蓝紫青灰著 . —济南：山东文艺出版社，2018.5
 ISBN 978-7-5329-5617-3

Ⅰ . ①蔬… Ⅱ . ①蓝… Ⅲ . ①散文集—中国—当代Ⅳ . ① I267

中国版本图书馆 CIP 数据核字（2018）第 066927 号

蔬食者
SHUSHIZHE

蓝紫青灰　著

主管单位	山东出版传媒股份有限公司
出版发行	山东文艺出版社
社　　址	山东省济南市英雄山路 189 号
邮　　编	250002
网　　址	www.sdwypress.com
读者服务	0531-82098776（总编室） 0531-82098775（市场营销部）
电子邮箱	sdwy@sdpress.com.cn
印　　刷	山东临沂新华印刷物流集团有限责任公司
开　　本	720 毫米 ×880 毫米　1/16
印　　张	11.5
字　　数	140 千
版　　次	2018 年 5 月第 1 版
印　　次	2018 年 5 月第 1 次印刷
书　　号	ISBN 978-7-5329-5617-3
定　　价	39.00 元

版权专有，侵权必究。如有图书质量问题，请与出版社联系调换。